Franz Wachter

Die Chronik des Albert von Stade

Franz Wachter

Die Chronik des Albert von Stade

ISBN/EAN: 9783743340121

Hergestellt in Europa, USA, Kanada, Australien, Japan

Cover: Foto ©Raphael Reischuk / pixelio.de

Manufactured and distributed by brebook publishing software (www.brebook.com)

Franz Wachter

Die Chronik des Albert von Stade

Geschichtschreiber der deutschen Vorzeit.   Lieferung 89.

Die Chronik
des
Albert von Stade.

Uebersetzt

von

Dr. Franz Wachter.

Preis: 1 Mark 80 Pf.

Leipzig,
Verlag der Dyk'schen Buchhandlung.
1890.

Die
Chronik des Albert von Stade.

(Geschichtschreiber. XIII. Jahrhundert. Vierter Band.)

Die Geschichtschreiber
der
deutschen Vorzeit

in deutscher Bearbeitung

unter dem Schutze

Sr. Maj. des Königs Friedrich Wilhelm IV. von Preussen

herausgegeben von

**G. H. Pertz, J. Grimm, K. Lachmann,
L. Ranke, K. Ritter,**

Mitgliedern der Königlichen Akademie der Wissenschaften.

Fortgesetzt

von

W. Wattenbach.

Dreizehntes Jahrhundert. Vierter Band.

Die Chronik des Albert von Stade.

Leipzig,

Verlag der Dyck'schen Buchhandlung.

1890.

Die Chronik

des

Albert von Stade.

Uebersetzt

von

Dr. Franz Wachter.

Leipzig.
Verlag der Dyk'schen Buchhandlung.
1890.

Einleitung.

Das Geburtsjahr Alberts von Stade ist nicht überliefert worden, ebensowenig der Ort seiner Geburt. Daß er in Niederdeutschland am Ausgang des 12. Jahrhunderts das Licht der Welt erblickte, darf wohl mit Recht angenommen werden. Die Chronik läßt durchblicken, daß er von niederer Herkunft war. Zum Jahre 1255 berichtet er von den Bestrebungen des Mainzer Bürgers und Richters Arnold Walpode zur Herstellung eines Städtebundes, um der von den Rittern jener Zeit eifrigst betriebenen Wegelagerei mit Erfolg entgegen zu treten. Mit einer gewissen Ironie erzählt er, daß die Ritterschaft, deren Hände stets zum Raube bereit seien, es für schmachvoll erachte, wenn Kaufleute über ehrenwerthe und edle Herren eine Art Herrschaft ausüben wollten. Und zum Jahre 1256 werden die Edeln von Bederekesa, welche im Kampfe gegen die Friesen eine unverhoffte Niederlage erlitten, berühmte Räuber genannt.

Ueber seine Lebensschicksale erfahren wir nur sehr wenig. Er gehörte dem Benedictinerorden an und wurde nach dem Tode (am 30. Juli 1232) des Abtes Christoph des Klosters der heiligen Jungfrau Maria in Stade dessen Nachfolger. Balduin, Bischof von Livland, vollzog die Weihe. In den Jahren 1235, 1236, 1238 und 1240 erscheint Albert als Zeuge in Urkunden Erzbischofs Gerhards II von Bremen. 1236 begab er sich nach Rom, wie er selbst zum Jahre 1240 erzählt, um daselbst die Erlaubniß zur Reformation seines Klosters zu erwirken.

Ob er 1238 an dem Kreuzzuge Herzog Adolfs von Holstein nach Livland, wie anderweitig berichtet wird, persönlich Antheil nahm, darf bezweifelt werden, da er in einer in diesem Jahre im October in Stade ausgestellten Urkunde erwähnt wird. Auch spricht der Umstand, daß er dieses Zuges nur sehr kurze Erwähnung thut, nicht für seine Anwesenheit[1]. 1240 versuchte er mit Hülfe des Erzbischofes von Bremen dem in Rom erwirkten Auftrage gemäß sein Kloster zu reformiren. Da ihm dies in Folge des Widerstandes seiner Klostergenossen und der Lauheit des Erzbischofes nicht gelang, legte er seine Stelle nieder und trat in den Minoritenorden ein.

Sein Todesjahr ist nicht bekannt. Aus dem Umstande, daß in dem Papstkataloge der Tod Urbans IV (2. October 1264) noch erwähnt wird, ergiebt sich, daß er bald nach dieser Zeit gestorben ist. Der Katalog der Stader Aebte bezeichnet den 9. Februar als seinen Todestag.

Außer der Chronik schrieb Albert einen Führer durch die vier Evangelien und ein Epos von 5320 Versen in Distichen über den Trojanischen Krieg[2]. Letzteres vollendete er 1249 in sechs Monaten. Die Chronik geht bis zum Jahre 1256. Dieselbe begann er (wie er selbst in der Vorrede und zum Jahre 1202 berichtet) im Jahre 1240. Seine Absicht war, von Erschaffung der Welt bis auf seine Zeit, nämlich bis auf Gregor IX und Kaiser Friedrich II, die wichtigsten Ereignisse zu berichten unter ganz besonderer Berücksichtigung der Papstgeschichte von Christi Geburt an. Aus dem Werke selbst ergiebt sich, daß Albert zu verschiedenen Zeiten an seinem Werke gearbeitet hat. Im Jahre 1241 kennt er den Namen des damals erwählten Papstes (Cölestins III) nicht, 1249 giebt

---

[1] Vgl. hierzu auch die z. J. 1238 in den Hamburger Annalen erhaltenen Verse, und L. Weiland in den Forschungen zur deutschen Geschichte XIII, 168. W.
[2] Herausgegeben von Merzdorf: Troilus Alberti Stadensis, Lips. 1875.

er die Reihenfolge der „bis jetzt" lebenden Bischöfe von Schwerin an, und 1250 berichtet er, daß der Sohn des Königs Abel von Dänemark „noch" in der Gefangenschaft des Erzbischofs von Cöln sich befinde.

Auffallend erscheint, daß diejenigen Begebenheiten, welche Albert mit erlebte, mit einer gewissen Ungleichheit und auffallenden Kürze behandelt werden. Während er auf der einen Seite höchst unwesentliche Dinge untermischt mit Sagenhaftem und Volksgerede mit behaglicher Breite erzählt und päpstliche Briefe in seine Darstellung mit aufnimmt, geht er auf der anderen über die wichtigsten Ereignisse des Reiches und seiner engeren Heimath mit einer Kürze hinweg, daß man wohl merkt, er wisse mehr, als er mitzutheilen für gut findet. Irrthümer mannigfachster Art, namentlich in Bezug auf Zeitangaben, finden sich fast überall in dem selbständigen Theil der Chronik. Der Werth derselben ist daher auch nur gering, und nur der Umstand, daß wir für die von ihm berührte Zeit auf verhältnismäßig dürftige andere Quellen angewiesen sind, verleihen seinen Mittheilungen eine gewisse Wichtigkeit.

Ueber die von Albert ausgeschriebenen Quellen (Ellehards Chronik, Adam von Bremen, Helmold u. s. w.) sowie über die Handschriften vgl. die Einleitung in der von Lappenberg besorgten Ausgabe des Albert von Stabe in den Monumenten Bd. XVI. S. 271 u. ff. L. Weiland hat in den Forschungen zur deutschen Geschichte Bd. XIII, S. 164 flgde. mit zwingender Schärfe erwiesen, daß noch eine bis zum Jahre 1265 reichende Fortsetzung vorhanden war, die wahrscheinlich von Albert selbst verfaßt ist. Neuerdings hat W. Ribbeck im XXV. Band ebenderselben Forschungen in seinem Aufsatze: der Tractat über die Papstwahl des Jahres 1159, S. 354—363, die Aehnlichkeit der Albertschen Darstellung mit der in jenem enthaltenen hervorgehoben.

Alberts Chronik ist außer in den Monumenten mehrfach herausgegeben: 1587 edierte sie Reiner Reineccius zu Helmstedt, eine zweite Ausgabe erschien zu Wittenberg 1608. In Kulpisii volumen rerum Germanicarum, welches zu Straßburg 1685 gedruckt ist, befindet sich S. 123—336 die Chronik mit Boeclers Anmerkungen versehen, wie auch Schilter in seinen ebenfalls zu Straßburg 1702 erschienenen Scriptores rerum Germanicarum dieselbe zum Abdruck bringt. Nachfolgende Uebersetzung bringt nur die selbständigen Nachrichten, auch das Gespräch zwischen Tirri und Firri ist unberücksichtigt geblieben.

Düsseldorf.   Fr. Wachter.

L. Weiland hat auch nachgewiesen, daß von Alberts Chronik eine Ausgabe vorhanden gewesen sein muß, welche an manchen Stellen reichere Nachrichten enthielt, deren Spuren sich übereinstimmend in den größtentheils aus ihm geschöpften Hamburger und Bremer Annalen, in der Sächsischen Weltchronik und in der Lübecker Chronik des Lesemeisters Detmar finden. Diese habe ich nach Anleitung des erwähnten Aufsatzes hier in den Anmerkungen hinzugefügt. Noch ist zu bemerken, daß Lappenberg in seiner Ausgabe den hergebrachten Titel verändert hat in Annales Stadenses auctore Alberto. Allein es sind keine Annalen von Stade, sondern die Absicht war, eine Weltchronik zu schreiben, wenn auch, wie in der Regel die Chroniken, nach Jahren geordnet, und am Schluß mit gleichzeitigen Aufzeichnungen fortgeführt. So ist aber auch z. B. Sigeberts Chronik eingerichtet, und ich sehe in der That keinen Grund, von dem seit alter Zeit eingebürgerten Sprachgebrauch abzuweichen.

Berlin im August 1890.   W. Wattenbach.

Die Chronik des Albert von Stade.

1021. . . . . In dem Dorfe Colbizce¹ in Saxonien begannen im Kloster des heiligen Märtyrers Magnus nach Beendigung der Frühmessen fünfzehn Männer und drei Frauen auf dem Kirchhofe Reigen zu tanzen. Als der Presbyter die erste Messe anstimmte, hörten sie mit den Gesängen und dem Reigen nicht auf, bis er selbst, um die Frechheit derselben zu bändigen, an sie herantrat mit der Bitte, ruhig zu sein. Sie wollten nicht, und der Presbyter, Egbert genannt, verwünschte sie, wie folgt: „O, daß Ihr doch durch die Macht Gottes und durch die Verdienste des heiligen Märtyrers Magnus in solcher Unruhe ein Jahr hindurch bliebet!" Diese fuhren, seine Worte verhöhnend, im Gesange fort. Eine der drei Frauen war die Tochter des Presbyters, mit Namen Mersindis. Diese ergriff auf Befehl des Vaters der Bruder der Mutter, Johannes, und suchte sie aus dem Kreise zu ziehen. Und er zog ihr den Arm aus dem Körper, es floß aber kein Tropfen Blutes heraus, sondern sie blieb beim Gesang und dem Fußstampfen mit den andern im Kreise ein Jahr hindurch. Nach Verlauf von sechs Monaten waren sie bis an die Kniee in die Erde versenkt. Und in jenem ganzen Jahre tranken sie weder noch aßen sie noch näßte sie der Regen. Man machte Dächer über sie, welche aber der Wind sofort umwarf. Ihre Kleider

---

¹) Nach J. Kurze zu Thietmar von Merseburg VIII, 25 Colbitz an der Mulde zwischen Rochlitz und Grimma. Diese fabelhafte Geschichte findet sich in verschiedener Form an vielen Orten. W.

und Schuhe wurden nicht abgenützt, Nägel und Haare wuchsen nicht. Nach Ablauf des Jahres waren sie bis an die Weichen in die Erde versenkt. Da betete an dem Tage der Geburt des Herrn der Erzbischof Herbert von Colonia, welcher eben dorthin kam, über sie, löste sie von dem Bande, an dem sie sich gegenseitig an den Händen hielten, und veranlaßte sie, sich vor den Altar des heiligen Magnus führen zu lassen. Vor dem Altare aber überfiel sie ein sehr schwerer Schlaf und sie schliefen ebendaselbst drei Tage und ebensoviele Nächte ununterbrochen. Einer aber von ihnen, mit Namen Johannes, gab mit der Tochter des Presbyters und den zwei anderen Frauen, welche sich vor dem Erzbischof auf den Boden geworfen hatten, sofort den Geist auf. Andere erhoben sich nach der Ermunterung, kehrten zu ihrem Eigenthum zurück und nahmen Speise zu sich, wurden aber zur Erinnerung an dieses wunderbare Zeichen bis zu ihrem Todestage nicht von dem Zittern des Körpers befreit. Einer derselben, welcher den Namen Otbert hatte, hat dies Ereignis hernach mehreren mitgetheilt. Einige besserten sich und gelangten zu solcher Vollkommenheit, daß sie nach ihrem Tode infolge der göttlichen Gnade durch Wunder glänzten.

. . . .

1066. . . . . Der unversehrte Arm dieses heiligen Ansver[1] wird in Stadium in der Kirche der heiligen Jungfrau aufbewahrt.

1072. Auf Adalbert[2] folgte Liemarus[3], von Geburt ein Baware, und saß dreißig Jahre . . . . .

Liemarus, von Geburt ein Baware, leitete seine Herkunft

---

[1]) Der heilige Ansver, Abt von Ratzeburg, wurde 1066 von den Slaven mit 28 Mönchen gesteinigt, wie Albert hier nach Adam von Bremen III, 49 berichtet.

[2]) Adalbert, Erzbischof von Bremen, starb am 16. März.

[3]) Nach der Ausgabe von Lappenberg hat hier die Handschrift, welche aber erst aus dem 14. Jahrhundert ist, die Form Leimarus. W.

von den Dienſtmannen Königs Heinrich IV ab, ein wiſſen=
ſchaftlich gebildeter und kluger Mann; er empfing das Bisthum
von Heinrich ſelbſt, der noch flüchtig war[1], nach der Wahl
der Biſchöfe. Er wurde aber von ſeinen Suffraganen geweiht;
das Pallium ſchickte ihm Papſt Alexander[2].

1074. Anno von Colonia, Siſrid von Maguntia, Bucco
von Halverſtad, Wezelo von Magdaburg[3] und alle Fürſten
Saxoniens ſtanden auf Seiten des Papſtes, Liemar aber hing
König Heinrich an[4].

1081. König Heinrich reiſte nach Rom, er hatte in ſeiner
Begleitung Liemar, Erzbiſchof von Bremen, welcher damals ſein
vornehmſter Rathgeber war.

1089. Dort[5] wurde auch Liemar, Erzbiſchof von Bremen,
vom Grafen Luder, welcher hernach regierte[6], gefangen. Er
gab ihm für ſeine Freilaſſung die Vogtei von Bremen und
300 Mark Silber; und ſo wurde er ſeinem Bisthum zurück=
gegeben. Dieſer zerſtörte die Kirche, welche ſein Vorgänger
Albert zu erbauen angefangen hatte[7] und die bei einem Brande
der Stadt ein wenig beſchädigt war, ganz und gar und erbaute
diejenige, welche noch jetzt erblickt wird, von Grund auf.

1093. . . . . . Dies iſt aber die Urſache der Empörung.
Kaiſer Heinrich begann mit abſcheulicher Bosheit ſeine Frau,[8]
die Wittwe Uto's[9], von welcher wir oben berichteten[10], zu
verfolgen, ſo daß er ſogar, was zu ſagen eine Sünde iſt, ver=

---

[1] Gemeint iſt jedenfalls die Flucht des Königs nach der Verſchwörung der ſäch=
ſiſchen Fürſten 1073. — [2] Alexander II. — [3] Bruder Annos von Cöln.
[4] Dies kann ſich nur auf das Jahr 1076 beziehen, nach dem über Heinrich IV der
Bann geſprochen war. Liemar ſelbſt wurde von Gregor VII am 22. Februar 1075
ſuspendirt und excommunicirt.
[5] Vor Gleichen in Thüringen am Weihnachtsabend.
[6] Lothar von Supplinburg.
[7] 1042 hatte Erzbiſchof Bezelin den Bau begonnen, welchen Adalbert fortſetzte.
1041 am 12. September war durch eine große Feuerbrunſt der alte Dom zerſtört worden.
[8] Adelheid. — [9] Vielmehr ſeines Sohnes Heinrich von der Nordmark. Siehe
z. J. 1144. — [10] Nämlich z. J. 1089 aus Ekkehard.

schiebene Leute anstiftete, sie zu entehren; endlich befahl er seinem eigenen Sohn Chonrad, den er schon gekrönt hatte[1], zu ihr zu gehen. Dieser, vor einer solchen Schandthat zurückscheuend, sagte: „Nein, Herr, denn ich bin Euer Sohn und jene Eure Frau." Und der König sagte: „Du bist nicht mein Sohn, sondern der Sohn eines Fremdlings." Es war aber ebenderselbe Chonrad einem gewissen Fremdling, einem Fürsten aus Suevien, sehr ähnlich. Die Königin endlich entwich aus der Haft, ging nach Italien zu jener sehr mächtigen Mechtilba[2] und in deren Geleit zum Papst Urban[3], dem sie ihr Leid flehentlich auseinander setzte. Der Papst aber, ergriffen von der Anschuldigung eines so abscheulichen Verbrechens, bannte den Kaiser von Neuem[4]. Die Königin aber kehrte nach Rucia zurück, trat in ein Kloster[5] und wurde endlich Aebtissin. — Zu jenen Zeiten glänzte Anselm, Bischof von Cantuaria. Dieser verabscheute Heinrich, wie auch die übrigen katholischen, er nannte ihn in einem Briefe den Nachfolger Neros und Julians des Apostaten gegen den Stellvertreter Petri.

1096. Der Kaiser geht nach Italien.

1098. Am 18. Ostermond, nämlich den 21. März, in der 6. Indiction, in der 15. Epacte, in der 4. Concurrente, nahm die Cistercienfische Genossenschaft ihren Anfang.

1099.

Tausend und hundert Jahr, wenn eines von diesen du abziehst,
Meld' ich Jerusalems Fall durch des Herzogs Gobefrid Angriff.

Die von den Saracenen zerstörten Klöster werden wieder hergestellt . . . . . Und so groß war der Ueberfluß an Nahrungsmitteln, daß ein Widder für einen Pfennig, ein Ochse für einen Sekel verkauft wurde. . . . . .

[1] 1089. — [2] Mathilde, Markgräfin von Tuscien. — [3] Urban II.
[4] Heinrich IV wurde 1080 am 7. März zum zweiten Male gebannt.
[5] Kiew; daselbst starb sie am 10. Juli 1109. Vgl. hierzu Floto, Kaiser Heinrich IV, Bd. II, S. 348 ff. und Giesebrecht, Gesch. d. Kaiserzeit (4. Aufl.) III, 654.

1100. In diesem Jahre wurde die Gemeinde der Mönche in Herseveld gestiftet. **1101.** Liemarus, Erzbischof von Bremen, starb am 16. Mai, ihm folgte Humbertus[1]. **1105.** Otto, von Geburt ein Sachse, welchen, wie wir oben berichtet haben[2], der Kaiser des Herzogthums Bawarien beraubt und es dem Sueven Welpo gegeben hatte, starb[3]. Denn der Kaiser hatte mit ausgesuchter Kunst einen gewissen Egino, von nicht hoher Herkunft, aber durch Kraft und Kühnheit hervorragend, den schon genannten Otto des Verbrechens der beleidigten Majestät anklagen lassen, weil er nämlich nach der Ermordung des Königs getrachtet habe. Daher wurde für seine Rechtfertigung ein Zweikampf angeordnet, und ihm nach dem Spruche der Fürsten das Herzogthum abgesprochen[4].

Er wurde zu Northem begraben und hatte drei Söhne, Heinrich den Dicken, welcher Landgraf war[5], den Vater der Kaiserin Rikenza[6], welcher zu Norden in Friesland getödtet wurde; und Cono, Grafen von Bichelinc, welcher auch getödtet ist[7]; und Sifrid von Bomeneburgh[8], den Vater des jüngeren Sifrid[9].

Er hatte auch vier Töchter, von denen die eine[10] die Mutter des Markgrafen Conrad von Witin[11] war; die zweite war die Mutter Fredrichs, Grafen von Arnesberch[12], dessen eine Tochter heirathete Gobefrid von Cuc, Vater der Grafen Heinrich und Frederich von Arnesberche, die zweite heirathete Otto von Cappenberch, dessen Tochter Eilica, Frau des Eilmar, die Mutter Heinrichs[13] und Christians, Grafen von Alben-

---

[1]) Er starb am 10. November 1104.
[2]) In einer aus Ekkehard entlehnten Stelle.
[3]) Am 11. Jan. 1083. — [4]) 1070.
[5]) Vielmehr Markgraf von Friesland. — [6]) Gemahlin Lothars III.
[7]) 1103. — [8]) Starb 1108. — [9]) Starb 1144.
[10]) Ida. — [11]) Wettin, Markgraf von Meißen.
[12]) Arnsberg, er starb 1124.
[13]) Grafen von Oldenburg, gest. 1167.

burch, und des Propstes Otto von Bremen [1] war. Die dritte [2] war die Frau des Hermann von Calvela, welche Otto und Heinrich, Grafen von Ravenesberch, gebar. Die vierte ließ sich von einem Knecht verführen.

Auch jeder von den Brüdern, den Söhnen des Herzogs Otto, hatte in der Grafschaft Stade einen Hof. Heinrich der Dicke hatte den Hof Alerstebe [3], Cono einen Hof, welcher Connigehove genannt wird, in der Dorfmark Hersevelbe. Dieser gründete Catelenburg [4], und eben diesen Hof gab er jenem Kloster; nachher hatte ihn Friberich von Stade zuerst in Pfandbesitz, dann kaufte er ihn und gab ihn an Hersevelbe. Sifrid hatte den Hof Hetvelbe [5], welchen sein Sohn Sifrid dem Kloster Amelingesburne [6] gab und den hernach Heinrich, Herzog von Brunswich [7], von den Mönchen kaufte. Jedoch war es ein Abt jenes Klosters, der abtrünnig werden wollte, welcher den Hof, wie oben gesagt, dem Herzoge verkaufte ohne Wissen des Conventes. Endlich, als die Hälfte des Geldes bezahlt war, ward die Sache offenkundig, der Abt entfloh und der Herzog bemächtigte sich des Hofes. Außerdem besaß er die zu jenem Lehenshofe gehörigen Güter, welche dem Kloster gegeben waren.

. . . .

1112. Zu ebenderselben Zeit erhob Eilmar der Jüngere, Graf von Albenburg, Sohn des Eilmar und der Rikence, der Tochter der Iba von Elsthorpe [8], Anspruch an die Erbschaft ebenderselben Iba gegen die Fürsten von Stade, Markgraf Udo und seinen Sohn Heinrich, welche ebendieselbe Erbschaft, so lange sie lebten, in Ruhe besaßen. Aber Graf Friberich

---

[1] Von 1183 bis 1187. — [2] Ethelinda.
[3] Ahlerstedt bei Harsefeld. — [4] Catlenburg im Amt Grubenhagen.
[5] Hitfeld bei Harburg. — [6] Amelungborn bei Holzminden.
[7] Braunschweig.
[8] Elsdorf im Amte Zeven.

enthob ihn jenes Anspruches. Denn jene Ida, eine edle Frau aus Suevia[1] gebürtig, welche im Dorfe Elsthorpe wohnte, hatte eine Erbschaft, welche noch jetzt die Erbschaft der Ida genannt wird. Sie war die Tochter eines Bruders Kaiser Heinrichs III, auch eine Tochter der Schwester des Papstes Leo[2], welcher auch Bruno genannt wird. Diese heirathete Lippold, Sohn der Herrin Glismodis, und gebar Oda, Nonne von Ninthelen[3], welche sie nachher vom Kloster ablöste, indem sie an Stelle der Tochter das Dorf Stedethorp bei Heslinge gab, und sie gab sie dem König von Ruzien, dem sie einen Sohn Warteslaw gebar[4]. Aber nach dem Tode des Königs ließ Oda eine sehr große Summe Geldes an geeigneten Orten vergraben, kehrte nach Saxonien mit dem Sohne und einem Theile des Geldes zurück und ließ die Arbeiter tödten, damit sie nicht plauderten. Und sie heirathete Jemand und gebar ihm die Tochter Aliarina, die Mutter des Grafen Burchard von Lucken[5], welchen nachher der Landgraf Hermann von Winzenburg mit List tödtete[6], da er sein Vasall war. Warteslaw aber regierte, nach Ruzia zurückberufen, für den Vater und erlangte vor seinem Tode das Geld wieder, welches seine Mutter verborgen hatte.

Es hatte auch Ida einen Sohn, den Grafen Ecbert, welchen der erste Markgraf Udo[7] zu Wistede bei Elstorpe tödtete,

---

[1] Schwaben. — [2] Leo IX, 1049—1054. Wenn diese Angabe Alberts richtig ist, so war die Schwester Leos — eine Gräfin von Egisheim — vermählt mit Herzog Ernst II von Schwaben. Andere vermuthen jedoch Heinrichs III Halbbruder Ludolf von Braunschweig.

[3] Rinteln in der kurhessischen Grafschaft Schaumburg.

[4] Hierüber fehlt es ganz an anderen Nachrichten.

[5] Loccum im Calenbergischen. — [6] 1130, nachdem er ihn zu einem Gespräch auf den geheiligten Boden eines Kirchhofes berufen hatte.

[7] Nach den unten folgenden Angaben ist darunter nicht der sonst Udo I genannte, 1057 gestorbene Ludwig, der erste Markgraf der Nordmark aus dem Hause Stade zu verstehen, sondern Udo II, welcher am 23. Juni 1087 starb, obgleich die Erwähnung des Papstes Leo IX nicht dazu stimmt. W.

obwohl er sein Verwandter war[1]. Jda aber, der Erben beraubt, ging nach Rom zu ihrem Oheim, dem Papste Leo, und mit heilsamen Erinnerungen, ihren Schuldnern die Schuld zu vergeben, von ihm versehen, kehrte sie nach Elsthorpe zurück; sie vergab Ubo die Schuld an dem Tode ihres Sohnes völlig und setzte, um ruhiger ihre Besitzungen genießen zu können, den Ubo selbst zu ihrem Erben ein, indem sie ihn an Sohnesstatt annahm, er hingegen übergab der Jda auch von seiner Erbschaft 300 Hufen zum Besitz, so lange sie lebte, nämlich den Hof Tuschensen[2], den Hof Otfredhessen[3], den Hof Hulsinge[4], den Hof Wasten[5], den Hof Binnen[6], den Hof Rotholwingenhusen[7], den Hof Sclime, den Hof Ride[8] und außerdem Geld; für einen Theil dieses Geldes, nämlich für 50 Mark, verpfändete er Frogersen[9] und Frankenburstold[10] der Kirche zu Heslinge, welche dieselben noch auf Grund ebendesselben Titels besitzt.

Jda aber hatte außer Lippold zwei Männer, nämlich den Grafen Dedo, und den Grafen Etheler den Weißen, von denen jeder in Tithmarschia getödtet ist, als er dort Graf war. Der eine von ihnen erzeugte von der Jda die Tochter Rikence, welche der Graf Eilmar von Aldemburg heirathete und mit welcher er einen Sohn Eilmar erzeugte, wie oben gesagt ist. Gleichfalls gebar Jda[11] die Akarina, Mutter Burchards von Lucken. Ebenfalls war ein Sohn der Jda Burchard, Dompropst von Trier, welcher hernach zum Erzbischof gewählt ist[12]. Dieser erbaute ein Gebäude aus Stein in Elsthorp.

---

[1] Zwischen 1049 und 1054. Vgl. hierzu: Dehio, Erzbisthum Bremen. I. Kritische Ausführungen Nr. XX. — [2] Schwitschen im Rotenburgischen.
[3] Otersen bei Verden oder Othfresen zwischen Hildesheim und Goslar.
[4] Hülsen im Lüneburgischen. — [5] Westen in der Grafschaft Hoya.
[6] Binnen bei Nienburg. — [7] Rolfsen in der Grafschaft Hoya.
[8] Riede und Schlieme ebendaselbst. — [9] Freiersen.
[10] Frankenbostel, beide im Kirchspiel Elsdorf im Amte Zeven.
[11] Oda, wie vorher gesagt wurde, wo die Tochter Allarina heißt, was durch die Fehlerhaftigkeit der Handschriften verschuldet ist.
[12] Irrthümliche Angabe Alberts.

Als daher Iba gestorben war, kam die Erbschaft an vorbemeldeten Udo, den ersten Markgrafen, dem dieselbe auch noch aus einem anderen Grunde gebührte. Denn da Niemand von ihrem Geschlechte jene Erbschaft im langen Zeitraum der Jahre für sich forderte, fiel sie in den Rechtsbereich der königlichen Gewalt und gelangte so an die Bremer Kirche, und vorgenannter Udo trug die Grafschaft Stade von der Bremer Kirche zu Lehen; diese Grafschaft umfaßte jene Erbschaft. Daher besaßen dieselbe die vorbenannten Fürsten, Odo der erste und der zweite, und der Sohn des zweiten, Heinrich, ohne allen Widerspruch bis zum gegenwärtigen Jahre des Herrn, in welchem Jahre nämlich Eilmar der jüngere von Albenburg dieselbe forderte, und von Friderich, welcher die Grafschaft Stade von den oft genannten Fürsten in Verwaltung hatte, nachdem ein Vergleich hinsichtlich der Sachen ihrer Herren stattgefunden, mit seinem Anspruche abgefunden wurde.

Denn die Großmutter und Mutter dieses Friderich erlitten auf der Seefahrt von Anglia in der Grafschaft Stade Schiffbruch und gemäß der Strenge des alten Rechtes fielen sowohl Menschen als Sachen der königlichen Gewalt anheim. Die Frauen wurden in das Gemach der Odo, der Frau des ersten Udo, gebracht. Und die Mutter heirathete einen gewissen[1], von dem sie drei Töchter hatte, von denen eine den Warding von Blitherstorpe[2] gebar, den Vater Wernos, Waldings und Tezos von Lindena, und die Mutter des Sicco, welcher der Vater Hermanns von Poppenburstolde[3] und Roperts Mulen war. Die andere gebar den Albo, Vater des Bertulb von Elme und Arnolds von Beveren, und den Vater des Arnest von Emelenthorpe[4] und Baldwins von Horechthorpe[5]. Die

---
[1] Nämlich schon früher, in England.
[2] Bliedersdorf in der Grafschaft Stade. — [3] Poppenburg im Amte Hagen?
[4] Elm, Bevern und Emmelndorf, in der Grafschaft Stade.
[5] Harrendorf im Kirchspiel Bramstedt im Amte Hagen?

dritte aber heirathete Reinold, er erzeugte mit ihr die Söhne Friderich und Olrich, die Töchter Odilia, Aebtissin in Heslinge, und Roccle, welche den Waldesthorpe heirathete. Die Söhne aber wurden in menschenfreundlicher Weise von den Herren erzogen und den Herangereiften die Verwaltung und Leitung gewisser Höfe übertragen.

Zu dieser Zeit waren drei Bischöfe von Danien[1] im Begriff, jenes Land zu durchziehen; sie führten viel Geld bei sich, und nachdem sie selbst mit allen ihren Begleitern von besagten Brüdern in der Albia[2] ertränkt waren, wurde das Geld geraubt, und wiewohl jene deshalb den Zorn Gottes verdient hätten, bereicherten sie sich dennoch sehr mit vergänglichem Gut. Friderich entzog sich zu Lebzeiten sowohl des ersten wie des zweiten Udo[3] niemals dem Joche seiner Lage, daher wurde er zur Verwaltung der Grafschaft Stabe berufen, für welche er sich wegen seiner Geschicklichkeit und Tüchtigkeit geeignet erwies. Olrich aber brüstete sich in den Tagen des zweiten Udo als Freier und ging an den Hof des Kaisers Heinrich; als Udo ihn bei dem Kaiser zu Goslaria gesehen hatte, forderte er einen Urtheilsspruch, ob er für sich erlaubter Weise seinen Knecht in Anspruch nehmen könnte, wo er ihn fände. Und als der Spruch gefällt war, daß er es könnte, gab er dem Olrich eine heftige Ohrfeige. Daher wurde der Kaiser aufgebracht und man eilt zu den Waffen, aber wegen der Gleichheit der Parteien wird der Streit mit Leichtigkeit beigelegt. Auf Veranlassung jener Brüder hatte der erste Udo Ecbert, den Sohn der Jba, getödtet. Nach dem Tode Olrichs badete die Aebtissin von Heslinge, seine Schwester, in der Badstube, und da sie den Kamm vergessen, befiehlt sie der Magd, denselben herbeizuholen. Jene kehrt zurück und sagt zitternd, Olrich säße in der Bad-

---

[1] Dänemark. — [2] Elbe.
[3] Sonst der Dritte genannt; er starb 1106.

stube und ein Ethiope[1] kämme ihn mit jenem Kamme. Die Herrin stieß Drohungen aus und befahl, den Kamm herbei zu holen. Jene ging zurück, wurde aber später ebendaselbst todt aufgefunden. Zuletzt starb der zweite Udo[2], er hinterließ einen Knaben Heinrich, und unter diesem begann Friderich nach der Freiheit zu streben, da er ja sehr reich geworden und die Verwaltung der Grafschaft und aller Besitzungen des Knaben in seiner Hand war. Er begab sich daher zu Kaiser Heinrich dem Letzten[3] und gab ihm vierzig Mark Gold, welche er alle mit anderen Sachen den drei ertränkten Bischöfen abgenommen haben soll, damit er seine Freiheit in der Grafschaft, der er vorstand, durch ein Zeugniß beweisen könne.

Der Herzog Luder aber war ihm feindlich, weil derselbe sich, als er einst Udo mit Krieg überzog, ihm tapfer entgegengestellt hatte. Es veranlaßte daher der Herzog den Erzbischof von Bremen, daß er selbst den Grafen Friderich als Hörigen seiner Kirche wieder in Anspruch nehmen möge, denn in der Grafschaft der Bremer Kirche sind die Großmutter und die Mutter desselben auf Grund des Schiffbruchs der Hörigkeit zugesprochen. Es schickte daher der Kaiser in diesem Jahre des Herrn zur Behandlung dieser Sache seinen Boten, und nachdem in Radolvesthorpe[4] ein Hoftag angesetzt war, kamen daselbst der Erzbischof Friderich mit dem Herzog Luder, Graf Rodolf mit dem Sohne seines Bruders, dem Knaben Heinrich, und Graf Friderich mit seinen Zeugen, Bauern nämlich, die er zu jedem Eide bringen konnte, zusammen. Daher führte Graf Rodolf, welcher einen so lange besessenen Gegenstand einem leichtfertigen Zeugnisse nicht aussetzen wollte, da er mit starker Schaar gekommen war, Friderich gefangen fort und hielt ihn in Salt-

---

[1]) Eine nicht seltene Bezeichnung böser Geister. W.
[2]) Vielmehr Udo III. — [3]) Heinrich V.
[4]) Rahmstorf, im Amte Roisburg.

wedele[1] im Gefängniß, bis der Kaiser, um nicht in schimpflicher Weise das vergebens gegebene Geld zu haben, ihn aus dem Gefängniß befreite und lange Zeit hindurch, da ihm eine Rückkehr in die Heimath nicht offen stand, bei sich behielt. Endlich aber wieder eingesetzt, betrieb er immer aufs eifrigste, seine Herren zu erniedrigen und erreichte es auch in wirksamer Weise, da er ja Ueberfluß an allen Dingen hatte und durch die Gewalt seines Geistes hervorragte. Während daher Markgraf Heinrich den leeren Namen des Fürsten führte und Friderich sowohl durch den Besitz seines Herrn, als durch dasjenige, was er sich auf verschiedene Weise erworben hatte, Ueberfluß hatte, eilen nach reiflicher Ueberlegung Graf Rodolf und sein Neffe, der jugendliche Markgraf Heinrich, mit vieler Ritterschaft nach Stade. Aber Friderich entfloh, als er Kunde von dem Eintritt derselben erhalten hatte, aus der andern Seite des Fleckens, und kaum sowohl durch die Nacht als durch den Wald geschützt, entkam er den Händen der Verfolger. Nachdem er so entkommen, wandte er sich an den Herzog Luber und gab demselben, was er konnte und was er nicht konnte. Während daher die Stabischen Fürsten alles das, was im Besitze Friderichs gewesen war, für sich nahmen, erbaute Luder die Burg Vorde[2] und bietet alle Kräfte des Herzogthums Saxonien zur Wiedereinführung Friderichs auf. Endlich nach dem Tode Rodolfs[3] wurde Friderich in sein früheres Besitzthum wieder eingesetzt.

1113. Luder, Herzog von Saxonien, heirathete die Tochter Heinrichs des Dicken und der Gräfin Gertrudis, mit Namen Rikensa; diese gebar ihm die Tochter Gertrudis[4], welche den Bawarenherzog Heinrich ehelichte, und sie gebar den Herzog Heinrich. . . . .

---

[1] Soltwedel. — [2] Bremervörde.
[3] Er starb am 6. December 1124. — [4] 1115.

1123. . . . . Nach dem Tode Heinrichs erhielt Friberich die Grafschaft Stade, welche er früher in Verwaltung gehabt hatte, durch Geld von dem Erzbischofe Albero als Lehen.

1125. Neumünster[1] wird begonnen. Kaiser Heinrich stirbt und wird in Spira[2] neben seinem Vater Heinrich, seinem Großvater Heinrich und seinem Urgroßvater beigesetzt. Daher wirst du heute noch über den vier Grabdenkmälern derselben der Reihenfolge nach Folgendes geschrieben finden:

Der Sohn hier, der Vater hier, der Großvater hier,
der Vorfahre liegt dort.[3]

Auch der König Philipp ist neben ihnen beigesetzt.

1126. Luder, welcher auch Lothar genannt wird, der Sohn des Grafen Gevehard, Herzog von Saxonien, regierte als der 84. von Augustus. Er wurde auf folgende Weise gewählt. Friberich, Herzog von Suevien, empfing nach dem Tode Heinrichs seines Oheims die Reichskleinodien[4], vollkommen sicher, daß er von den Fürsten gewählt würde. Aber Albert von Moguntia[5], welcher einst von Heinrich gefangen genommen war, beabsichtigte die Beleidigung an dem Neffen zu rächen und schmiedete mit seinen von ihm berufenen Verbündeten einen Plan, wie sie die Reichsinsignien der Gewalt Friberichs entreißen und so zu einer anderen Wahl sich stärken möchten. Daher stimmten diejenigen, hinsichtlich deren Herzog Friberich weniger sicher war, ja die er für seine Widersacher hielt, öffentlich seiner Wahl zu. Dadurch sicherer gemacht, gab er, um die Gunst der Fürsten noch mehr zu erwerben und um den Schein zu erwecken, als trete er in redlicherer Weise an die Herrschaft heran, weil er sich ja auch treu in Bezug auf

---

[1] In Holstein. — [2] Speier.
[3] Ein Hexameter, der in deutscher Sprache nicht nachzubilden ist.
[4] Friedrich hatte die Reichsinsignien nicht selbst empfangen, sie befanden sich in Trifels bei der kaiserlichen Wittwe Mathilde und er gab nur seine Zustimmung zur Auslieferung derselben. — [5] 1111—1137.

das Anvertraute zeigte, die Insignien den Fürsten zurück. Und weil es hierzu nöthig war, denselben von der Wahl in schlauer Weise fern zu halten, da er allen wegen seiner Freigebigkeit, Leutseligkeit, seines Alters und seiner königlichen Abstammung wegen genehm war, so bestimmten sie mit dem Bischofe in listiger Weise einige aus ihrem Anhang, welche nach Verabredung die Last der Herrschaft als ihren Kräften zu schwierig ablehnten, indem sie hinzufügten, daß die geschwächten Rechte des Reiches einen thatkräftigen Verwalter erheischten. Daher wies auch Friderich nach dem Vorgang der anderen demüthig die Last zurück. Sie wählten daher, die erlangte Gelegenheit sogleich eifrig benutzend, Lothar, der sich freiwillig anbot; man sagt auch, daß er mehreres versprochen hätte, was er nicht hielt. Nachdem er also feierlich gewählt war, verpflichteten sich ihm die Fürsten sowohl durch Eidschwur als auch durch Lehnsgelübde. Aber hernach setzte sich Friderich, als er die Ränke entdeckt hatte, dem Könige entgegen[1]........ Unter Mitwirkung Luders vervielfältigten sich die Erfolge Friderichs, Grafen von Stade.... .

1130....... Cono, Abt von Hersevelde, starb am 26. October......

1132. Der heilige Bischof Godehard wurde zu Hildenesheim aus seinem Grabe erhoben[2], und viele Wunder wurden von ihm vollbracht. König Luder geht nach Rom. Die Stadt Augusta[3] wird in Folge eines Aufstandes der Bürger durch Feuer verzehrt, während der König dort weilte. Markgraf Chonrad starb.[4]

1133....... Die bestürzten Könige, Vater und Sohn

---

[1]) Vgl. hierzu Bernhardi, Lothar von Supplinburg, S. 23 und Maurenbrecher, Gesch. d. deutschen Königswahlen, S. 132 ff., besonders S. 139.

[2]) Die Erhebung Godehards fand am 4. Mai 1132 statt; diese ersten Sätze sind den Magdeburger Annalen entnommen. — [3]) Augsburg.

[4]) Markgraf der Nordmark aus dem Hause Plötzkau, welcher aber erst 1133 starb.

(Nicolaus und Magnus)[1] kamen bittend vor das Antlitz des Kaisers. Und nachdem sie ihm sehr viel Gold gegeben, versprechen sie wegen der Ermordung Kanuts Genugthuung zu leisten......

1135. Friderich, Graf von Stade, starb am 13. April.

1136. Der Kaiser Lothar kam nach Hersevelde und nahm das Geld, welches Graf Friderich von Stade jenem Kloster gegeben hatte, nämlich 600 Mark Silber, von dem Altare der heiligen Maria fort, und indem er alle Angelegenheiten in Ordnung brachte, verlieh er das Herzogthum Saxonien seinem Schwiegersohn Heinrich, Herzog von Bawarien[2]: dieser war der Sohn einer Tochter des Herzogs Magnus, Wulfildis, und des Herzogs Welf von Bawarien[3].

.... Dieser Luthmund wurde nachher Propst in Heslinge und verlegte das Kloster nach jenem Ort, wo es jetzt ist, nämlich in Zcevena[4]. Jener Convent hatte einige Aebtissinen, von denen neun noch in der Kirche zu Heslinge begraben liegen.

1137...... Moguntia, Spira, Goslaria brannten ab.

..... Als Kaiser Lothar aus Italien heimziehen wollte, brach eine große Sterblichkeit im Heere aus, er selbst erkrankte und starb am 3. December[5]......

1138. Chonrad, Sohn des Herzogs Friderich, Neffe Kaiser

---

[1]) Niels, 1104—1134 König von Dänemark, und Magnus, sein Sohn, seit 1123 König in Westgothland. Letzterer hatte im Einverständniß mit seinem Vater Knub Laward, König der Abobriten, seinen Vetter am 7. Januar 1131 ermordet. Knub war früher am Hofe Lothars gewesen und von diesem mit eigener Hand 1129 zum König der Abobriten gekrönt worden. Kaiser Lothar stand bereits im Begriff, mit einem Heere den Tod desselben zu rächen, wie Albert nach Helmold berichtet.

[2]) Heinrich der Stolze, Schwiegersohn Kaiser Lothars seit 1127.

[3]) Hier berichtet Albert nach Helmold I, 54 von der Thätigkeit Vicelins in Holstein, welcher u. a. Luthmund in Segeberg anstellte.

[4]) Kloster-Zeven in der Landdrostei Stade.

[5]) Der richtige Tag ist der 4. December.

Heinrichs durch seine Schwester[1], regierte als der 85. seit Augustus fünfzehn Jahre[2]. . . . .

1139. . . . . . Herzog Heinrich, König Lothars Eidam, belagerte die Burg Luneburg mit dem Grafen Rodolf[3]. . . . . König Conrad geht nach Saxonien in Begleitung des Herzogs von Boemia[4]; gegen ihn kamen die Saxonen entschlossen herbei und schlugen bei Cruciburg[5] ein Lager auf, der Urheber war Herzog Heinrich. Nachdem also der Krieg durch einen Waffenstillstand unterbrochen war, entbot der König die Fürsten Saxoniens zu einem Reichstag zu Wormacia auf Mariä Reinigung[6] und kehrt zurück. Auch der Herzog kehrte nach Saxonien zurück. Inzwischen gingen Graf Rodulf und Pfalzgraf Friderich[7] mit vereinter Macht nach Bremen und verwüsteten die ganze Stadt, nachdem der Erzbischof Albero nach Rom gereist war. Heinrich, Herzog von Saxonien, starb den 19. September[8]. . . . . .

1140. König Chonrad feiert Mariä Lichtmeß[9] zu Wormatia, wohin die vorgenannten Fürsten keineswegs kamen, da der König ihnen freies Geleit nicht gewähren wollte. Er setzte ihnen einen anderen Tag zu Frankenevorde. Aber auch hier erschienen sie nicht am ersten Sonntage nach der Osteroctave[10], indem sie vorbemelte Vergünstigung verlangten und nicht erhielten. Die Fürsten vertreiben den Markgrafen Albert[11], welcher das Herzogthum von dem Könige empfangen hatte; dessen Mark besetzte Graf Rodulf nach Eroberung der Burgen.

---

[1]) Agnes.
[2]) Albert berichtet nach Helmold über die Verfolgung der Christen in Holstein durch Pribizlaus, und setzt hinzu, daß Neumünster in alter Zeit Wippenthorp hieß.
[3]) Rudolf von Stade. Vgl. Bernhardi, Konrad III, S. 79.
[4]) Sobieslaw I. — [5]) Kreuzburg an der Werra.
[6]) 2. Februar 1140. — [7]) Pfalzgraf Friedrich von Sommereschenburg.
[8]) Er starb am 20. Oktober; erst 35 Jahre alt.
[9]) 2. Februar. — [10]) 21. April.
[11]) Albrecht der Bär.

Olrich[1], Herzog von Boemia, Pfalzgraf Wilhelm[2] und
Lodewich[3], Graf von Thuringien, starben. Gebehard von
Strazburg[4] starb. Sivard[5] von Minden starb, ihm folgte
Abt Heinrich[6]. Sonnenfinsterniß am 20. März ungefähr um
die zehnte Stunde.
1141. Die Kaiserin Rikenza starb[7]. Und kurz darauf
wurden die Kämpfe der Fürsten Saxoniens, welche gegen den
König und den Markgrafen Albert stattgefunden hatten, bei=
beigelegt[8].
Albert, Erzbischof von Moguntia, starb[9], ihm folgte
Marcolf[10].

1142 in der fünften Indiction erweckte Gott den Geist
dreier Brüder, des Dudo, Adeko und Richbert, daß sie eine
neue Pflanzung in der Vorstadt von Stade errichteten[11], indem
sie dort eine Holzkapelle erbauten, welche Albero, Erzbischof
von Bremen, im 19. Jahre seines Pontificats am 2. Juli
weihte, und Conrad, Abt von Herfevelde, sandte den ehrwürdigen
Mann Adalward mit Elver, Godescalc und anderen Brüdern
ebendorthin. Die hölzerne Kirche aber wurde geweiht im
Namen der heiligen und untheilbaren Dreieinigkeit, der ewigen
Jungfrau, der Apostel Petrus und Paulus, Johannis des
Apostels und Evangelisten, der Martyrer Vitus, Cosmas und
Damianus. Und es verordnete der Bischof Albero, daß eben=
dieselben drei Brüder mit ihren Frauen, Söhnen, Töchtern,
mit ihrer übrigen Nachkommenschaft und ihrem Haushalt eben=
dafelbst beständig die Sacramente der Kirche und ihre Be=
stattung empfangen sollten. Er bewilligte auch, daß alle Hü=

---

[1] Gemeint ist Sobieslaw I. — [2] Am 13. Februar. — [3] 12. Januar.
[4] Gegen Ende 1140. — [5] Am 28. April.
[6] Abt des Sanct Moritzklosters in Minden.
[7] Am 10. Juni. Sie ward im Kloster Lutter beigesetzt.
[8] Auf dem Reichstage zu Frankfurt 1142. — [9] 17. Juli.
[10] Propst von Aschaffenburg. — [11] Das Liebfrauenkloster vor Stade.

rigen der Kirche von allem Zins, von der Kriegsfolge, von der Befestigung des Fleckens und der Burg und von außergewöhnlicher Auflage[1] frei und befreit sein sollten.

In demselben Jahre starben Eilica[2], die Mutter Alberts, Tochter des Herzogs Magnus von Saxonien, und der Bischof Otto[3] und Marcolf, der Erzbischof von Moguntia[4], auf welchen in demselben Jahre der Dompropst Heinrich folgte.

Markgraf Albert wurde wieder in die Gunst der Fürsten aufgenommen nnd erhielt alles Seinige zurück, die Grafschaft und die Mark.

1143. König Conrad kam nach Saxonien und stiftete Frieden unter den Fürsten. Gertrudis, die Mutter Heinrichs des Löwen und Tochter Lothars und der Rikence, starb[5]. Auf Papst Innocenz folgte Wido, welcher auch Celestin[6] genannt wird.

1144. Rodolf, der jüngere Graf[7], wurde in Thietmarsien in seiner Grafschaft getödtet[8], und sein Bruder Hartwich, Dompropst zu Bremen, gab sein gesammtes Erbgut der Bremer Kirche, damit ihm dafür die Grafschaft Bremen[9] zugestanden würde. Und so empfing die Bremer Kirche alles, was die Fürsten von Stade in ruhigem Besitz während langer Zeit gehabt hatten, zu ihrem Eigenthum, nämlich die Erbschaft der Fürsten, der Ida und des Friderich; und sie wurde gesetzmäßige Erbin der Eltern des Propstes Hartwich durch eine feierliche und gesetzmäßige Schenkung. Es wurde daher Propst

---

[1] petitione precaria, Bede. — [2] 16. Januar. — [3] Von Halberstadt.
[4] Am 9. Juni. Dieser Satz ist aus den Magdeburger Annalen entnommen.
[5] 18. April. — [6] Cölestin II.
[7] „Welcher die Kirche des heiligen Georg in der Stader Burg gestiftet hat", setzen die Bremer Annalen hinzu. W.
[8] Am 15. März, er wurde im Kloster Rosenfeld bei Stade beigesetzt.
[9] D. h. nach Weiland die von der Bremer Kirche lehnbaren Grafschaften, siehe Bernhardi, Konrad III, S. 396.

Hartwich belehnt und Pfalzgraf Friderich, sein Schwager [1], empfing den Blutbann vom Könige Conrad, und es ward verordnet, daß er sein Coadjutor sein und im Grafending [2] für ihn Recht sprechen sollte. Aber Herzog Heinrich, der noch ein Knabe war, klagte dem Könige und allen Fürsten durch seine Vormünder, daß der Erzbischof Albero seiner Mutter versprochen hätte, daß die Grafschaft, wenn Rodolf sterben würde, ihrem Sohne, dem Herzoge, zufallen sollte. Daher kamen sie nach langen Streitigkeiten auf Befehl des Königs zu Rameslo [3] zusammen zur Beendigung der Angelegenheit. Der Erzbischof stand auf der einen Seite dem Schiedsgericht vor, auf der anderen der jugendliche Herzog. Der Propst und der Pfalzgraf waren zur Erörterung der Sachlage bestellt. Urtheiler waren Thietmar, Bischof von Verden, Markgraf Albert, Graf Hermann von Winceberch, sein Bruder Heinrich von Asle und eine große Menge Ritter. Dort ergriffen bei der Darlegung der Streitsache die Leute des Herzogs die Waffen, ein Aufstand entstand, sie nahmen den Erzbischof gefangen und hielten ihn eine Zeit lang in Lunenburg in der Gefangenschaft, um etwas von ihm zu erpressen. Endlich, da sie sahen, daß er weder durch Peinigung noch durch Drohungen sich bewegen ließ, erlaubten sie ihm, frei fortzugehen. Propst Hartwich, von Hermann von Luchouwe [4] gefangen genommen, wurde während die Leute des Herzogs hofften, er würde ihnen übergeben werden und als sie ihm bereits mit dem Tode drohten, zum Markgrafen Albert gebracht und so befreit.

Es ist nothwendig, auf früheres ein wenig zurückzukehren, um die Genealogie ebendesselben Hartwich darzulegen. Zur

---

[1] Von Sommereschenburg; er hatte Lutgard, Tochter Rudolfs I von Stade, geheirathet. — [2] in placitis principalibus.
[3] Nordöstlich von Lüneburg.
[4] Lüchow. Er erscheint in mehreren Urkunden Heinrichs des Löwen.

Grafen Helprich von Plocke[1], und als er dessen sehr schöne Schwester, Ermengarda, sah, führte er sie heim. Daher wurden seine Vasallen sehr entrüstet, weil sie Standesgenossen des Helprich waren und einige von ihnen hervorragender. Er erzeugte aber mit ihr Heinrich[2], welche Adelheithis heirathete, Schwester des Markgrafen Albert[3], welche, als er ohne Erben starb, sein Vasall Werner von Velthem[4] heirathete, dieser erzielte Albert von Asterburg und die übrige Nachkommenschaft. Gleichfalls erzeugte Markgraf Udo mit Ermengarda eine Tochter, welche Markgraf Heinrich[5] heirathete, der vermeintliche Bruder der Kaiserin Rikence[6], welchen sie, obwohl von einer Slavin geboren[7], deßhalb ihren Bruder nannte, damit sie die Erbschaft nicht verlöre, welche, von vielen erstrebt, streitig war. Endlich besaß Frau Rikence nach der Vergiftung ihres Bruders[8] allein die Erbschaft; diese heirathete Lothar. Sie hatte aber eine Schwester[9], Frau des Pfalzgrafen Otto von Rinelge, von welcher die Brüder von Hollant abstammten[10]. Es hatte auch Udo eine Tochter[11], welche Poppo von Hinneberch[12] heirathete. Nachdem nun Udo gestorben war und auch sein Sohn Heinrich, heirathete Ermengardis Gherard von Heinsberche[13], Bruder Gozwins; von ihm hatte sie einen Sohn Sifrid, welcher auf dem Zuge Lothars bei Baris[14] in Appulien durch einen Pfeil ums Leben kam; ferner eine Tochter Uda, welche Sifrid

---

[1]) Helprich von Plötzlau. — [2]) Heinrich II, gestorben 1128.
[3]) Albrecht der Bär; sie war die Tochter des Markgrafen Otto von Brandenburg.
[4]) Veltheim. — [5]) Heinrich von Eilenburg, gestorben 1123. Vgl. Bernhardi, Lothar von Supplinburg, S. 16 Anm. 42 und S. 815.
[6]) Gertrud von Braunschweig, die Mutter der Richenza, heirathete ca. 1102 in dritter Ehe den Markgrafen Heinrich den Älteren von Eilenburg, der bereits 1103 starb. Aus dieser Ehe stammte der oben genannte Heinrich, war also Richenza's Stiefbruder.
[7]) Nach zuverlässigeren Nachrichten war er der Sohn Gertruds, aber von einem Koch erzeugt. — [8]) Es scheint, als ob Albert ihr die Schuld beimessen wollte; das wird sonst nirgends bestätigt. W. — [9]) Gertrud.
[10]) Von ihrer Tochter Sophia, welche Graf Dietrich von Holland heirathete.
[11]) Ermengardis. — [12]) Poppo von Henneberch.
[13]) Heinsberg. — [14]) Bari, 1137.

von Erteneburg heirathete, welcher genannt wurde „Mit dem Schwein" [1]; mit ihr erzeugte er drei Töchter, Alheida, welche der Burggraf von Groche, Luder, heirathete, der ohne Erben starb, Oda, welche Albert von Osterburg heirathete, und viele Nachkommenschaft erzeugte.

Ferner Rodolf, der Sohn Udos des Ersten, heirathete Richardis von Franconien [2] mit reicher Erbschaft. Mit dieser erzeugte er Udo, welcher die Schwester des Hermann heirathete, der zu Wincenburg getödtet ist; aber bevor er einen Erben erzielte, wurde er bei Ascergsleve [3] von den Vasallen des Markgrafen Albert getödtet. Ferner den Rodolf, welcher Elizabeth heirathete, Schwester Ottokars von Stire [4]; aber vor Erzielung eines Nachkommen wurde er von den Thietmarchen getödtet [5]. Gleichfalls den Erzbischof Hardwig.

Gleichfalls Lutgardis, welche Friderich, Pfalzgraf von Sommersgenburg heirathete und mit ihr den Pfalzgrafen Albert erzeugte, welcher die Tochter Poppos von Hinnenberch heirathete, und er starb ohne Erben [6]; gleichfalls die Aebtissin von Quidelingeburg [7]. Endlich, nachdem Lutgardis auf Grund der Verwandtschaft vom Pfalzgrafen getrennt war, heirathete sie Erich [8], welcher Lam genannt wurde, König der Dänen. Und nachdem derselbe gestorben, kehrte sie zurück und heirathete Hermann von Winceburg; aus dieser Ehe stammen drei Töchter. Eine heirathete Hinrich — welcher nachher zu Erfordia in einer Latrine ertrank — Graf von Svarceburg [9]. Diese heirathete nachher Olrich von Witin [10]. Die zweite heirathete Magnus Burßius [11], Herzog von Danien.

---

[1] Swinelen. — [2] Tochter des Grafen Hermann von Frekenleve.
[3] Aschersleben. Am 15. März 1130.
[4] Herzog Ottokar von Steier, starb im Mai 1192 ohne Erben. Herzog Leopold von Österreich wurde mit Steier belehnt. — [5] 15. März 1144.
[6] 1180. — [7] Adelheidis ca. 1167—1181.
[8] Erich III Lam, gestorben 1147. — [9] Vgl. z. J. 1183. — [10] Wettin, starb 1206.
[11] Magnus war der natürliche Sohn Erichs Lam. Er stand an der Spitze einer Prinzenverschwörung gegen Waldemar.

Nachdem dieser von dem Könige Waldemar geblendet und entmannt war, kehrte sie nach Saxonien zurück und durch ein beklagenswerthes Geschick wurde sie von einem Sclaven durch Abschneiden der Nase verstümmelt[1].

1147. Abt Conrad starb[2].

Die Fürsten Saxoniens bringen mit zwei Heeren auf zwei Wegen in Slavien ein und verwüsten das Land, nachdem sie die Befestigungen derselben eingeschlossen hatten......

Albero, Erzbischof von Bremen, weihte Abalward, den ersten Abt der heiligen Maria in Stade, mit dem Abt von Rosevelde[3], am 6. Juli.

1148. Papst Eugen weihte das Cistercienfische Kloster....
1150. Hartbert, Bischof von Trajectum[4], starb.
1151. Bernard, Abt von Clarevallis, starb[5]......

Zur Zeit ebendesselben Königs Conrad und des Papstes Eugen wurde eine Jungfrau, mit Namen Hildegardis, bei Pinguia[6] hochgefeiert. Als dieselbe zweiundvierzig Jahre alt war, kam ein flammendes Licht von großem Glanze vom geöffneten Himmel herab und ergoß sich über ihr ganzes Gehirn, ihr ganzes Herz und ihre ganze Brust, und so wurde sie vom heiligen Geist entflammt, daß sie sofort die Reihenfolge aller katholischen Bücher sowohl des alten als neuen Testamentes völlig kannte, obwohl sie sonst nach Art vornehmer Jungfrauen nichts anderes außer dem Psalter von einer Klausnerin auf dem Berge des heiligen Dysibodus[7], einer Niederlassung der Schwarzen Mönche, gelernt hatte. Sie verfaßte aber drei Bücher, nämlich das Buch Lerne die Wege, das Buch von den göttlichen Werken und das Buch

---

[1]) Es folgen wieder Auszüge aus verschiedenen Annalen und aus Helmold.
[2]) Von Hersevelde. — [3]) Abalward.
[4]) Utrecht. Ihm folgte Hermann von Hoorn, 1150—1156.
[5]) Nach dem J. 1152 folgen Verzeichnisse der Kaiser und der Herzoge von Sachsen, ein Stammbaum der Billunger mit Bemerkungen, dann folgendes.
[6]) Bingen. — [7]) Disibod, dessen Leben sie beschrieb.

der Briefe, und zwar auf Gottes Befehl oder vielmehr durch
Zwang desselben, in denen sie sehr vieles Nützliche von den
zukünftigen Zeiten und vom Antichrist prophezeiete, und sie sah
die künftige üble Lage der Kirche mit prophetischem Geiste
voraus und sagte sie vorher. Und der Papst Eugen canoni=
sirte ihre Schriften auf dem Concil zu Treveris [1]. Außerdem
richtete er einen Brief an sie und befahl ihr, nicht zu unter=
lassen aufzuschreiben, was Gott ihr enthülle. Sie empfing
aber nicht nur Briefe Eugens, sondern auch des Anastasius
und Adrians, Römischer Päpste, ja auch von König Conrad,
Kaiser Friderich, dem Patriarchen von Jerusalem, von Erz=
bischöfen, Bischöfen und mehreren Prälaten. Bernard, Abt von
Clarevallis, ein in allen Beziehungen sehr heiliger Mann, grüßte
sie durch seinen Brief auf die ehrfurchtsvollste Weise und sie
schrieb ihm als dem frömmsten Manne zurück. Sie wohnte beim
heiligen Ropert bei Pingwia [2], wo sie auch begraben ist [3]. . . . .

Es starb [4] aber die Jungfrau Hildegard zur Zeit des
Papstes Adrian, als Kaiser Friedrich regierte [5]. . . . .

1159. Papst Adrian und Kaiser Friderich [6] hatten sich
gegenseitig versprochen, daß jeder von ihnen gegen den Siculer [7]
und andere das einem von beiden geschehene Unrecht abwehren
solle. Der Kanzler Roland [8], ein Mailänder seiner Herkunft
nach, betrat Francien und machte alle, welche er kannte, dem
Kaiser zu Feinden, und sachte gegen ihn den Groll der Mai=

---

[1] Trier, 1148. — [2] Sie gründete 1147 bei Bingen das Kloster Rupertsberg nach
der Regel des heiligen Benedict. — [3] Es folgen lange Auszüge aus ihren Schriften.
[4] Wahrscheinlich am 17. September 1179.
[5] Hier folgt in einem langen Zwiegespräch zwischen Tirri und Firri die Be=
schreibung eines Rechenspieles, und die Angabe der Stationen auf dem Wege nach
Rom, und der Weg nach dem heiligen Lande. Dann wieder Auszüge aus Helmold
und den Magdeburger Annalen.
[6] Hier folgen noch die Worte: Anglicus probet; vgl. dazu Ribbeck in den For=
schungen XXV, S. 361, Anm. 3. Anglicus bezieht sich jedenfalls auf Adrian, doch
erscheint es mir gewagt, für probet patria zu setzen. Eher ginge progenie.
[7] König Wilhelm I von Sicilien. — [8] Cardinal von S. Maria.

länder an, unter denen er selbst geboren war¹. Zu allen diesen Dingen besaß er die Zustimmung des Siculers. Nach der Rückkehr aber zog er mehrere von den Cardinälen auf seine Seite und einige unter den Römern, welche alle mit ihm in ebenderselben Willensmeinung beharrten. Außerdem schwuren sie, nach dem Tode des Papstes Adrian einen von den ihrigen zu wählen, der mit ihnen ebendasselbe Ziel verfolge. Und diese Verschwörung wurde so mächtig, daß sie die Caecilianische² Secte genannt wurde. Nach dem Tode des Papstes Adrian aber kommen alle Cardinäle in der Stadt zusammen und versprechen einander mit einmüthigem Gelübde, niemanden zum Papste zu erheben, der nicht gemeinschaftlich von allen gewählt werde, auch wenn nur ein einziger Widerspruch erhebe. In der Zwischenzeit beabsichtigten die von der Caecilianischen Secte, ohne Wissen der anderen, den Kanzler Roland zum Papst auszurufen. Aber indem sie mit heimlicher List den Mantel suchten, fanden sie ihn nicht. Inzwischen wird Octavian von anderen und endlich von allen ohne jeden Widerspruch gewählt und als Papst Victor³ von allen ausgerufen. Einige kamen zum Kanzler Roland und sagten: „O Herr, wir hofften, daß Eurer Person die päpstliche Würde hätte zufallen müssen." Und er selbst antwortete: „Ich bin Euer Herr nicht, aber denjenigen, welchen Ihr mit dem Mantel bekleidet seht und der zum Papst ausgerufen ist, den haltet für Euren Herrn." Und es saß Papst Victor auf dem päpstlichen Stuhle elf Tage. Am zwölften Tage wandte sich der Kanzler Roland mit seinen Mitverschworenen an den Siculer und ließ sich mit Hülfe des Siculers und derjenigen, welche er selbst herbeirufen konnte, in feierlicher Weise als Papst Alexander ausrufen, und so entstand ein sehr großes Schisma in der Kirche des Herrn während zwanzig Jahre⁴. . . . .

---

¹) Er war zu Siena geboren. — ²) D. h. sicilische. — ³) Victor IV.
⁴) Es folgen wieder Nachrichten aus Helmold und den Magdeburger Jahrbüchern.

1162. Um diese Zeit glänzte der Longobarde Petrus, welcher das Buch der Sentenzen geschrieben. 1163. Der Kaiser ruft sowohl Roland als Octavian vor seinen Richterstuhl, indem er einen Hoftag nach Bisunzium[1] ansagt. Es kommt der Kaiser, es kommt der König von Dacien[2] Waldemar, in dessen Begleitung sich Herzog Borius befand, den er selbst später ertränken ließ[3], weil er nach der Herrschaft trachtete. Dort empfing Waldemar zwei Königreiche, Dacien und Swecien, vom Kaiser. Es kam Harbvich, Erzbischof von Bremen, sich ebenfalls zu beklagen, daß die drei Königreiche von Dacien, Suecien und Norwegien sich in gewaltsamer Weise seinem Stuhle entzogen hätten, da sie dem Rechte nach unter seiner Gerichtsbarkeit ständen. Es kam Reinnold von Colonia und Absalon von Lund. Es kam ganz Gallien, Alemannien, Provincien, Burgundien, Lumbardien mit ihren Fürsten. Es wird erwartet der König von Francien, Lodowich[4], Heinrich, König von Anglien[5] und der König von Hispanien, aber sie kommen nicht, aufgereizt durch Roland. Es kam allein der König von Francien während der Nacht, weil Heinrich Graf von Campania[6] beschworen hatte, er würde kommen, und nachdem er die Hände im Flusse gewaschen, ging er schleunigst zurück. Da Alexander mit den Seinigen nicht kam, so bestätigte der Kaiser mit dem Könige von Dacien Victor im Papstthum; dieser begab sich nach Treveris[7] und bannte Roland mit den Seinigen. Und Roland im Gegentheil den Octavian......

1164. Pribizlaus ist der Vater Borewins, welchem der

---

[1]) Besançon. Der Reichstag und das Concil daselbst wurden 1162 im September gehalten. — [2]) Dänemark, anfangs von Albert Dania genannt. Vgl. Dahlmann, Gesch. v. Dänemark, I. S. 238.
[3]) 1172. Buris, Sohn des Heinrich Hinkefuß, hatte von Waldemar in Nordjütland ein großes Lehn empfangen und den Lehnseid geleistet. Heinrich der Löwe soll den König gewarnt haben. — [4]) Ludwig VII.
[5]) Heinrich II. — [6]) Champagne. — [7]) Trier.

Herzog[1] später seine natürliche Tochter[2] zur Ehe gab, welche ihm den Heinrich und Nicolaus gebar[3]. Und der Herzog schickte die Grafen Adolf — dieser Adolf war der Vorfahr des Bruders Adolf und der Sohn jenes Grafen Adolf, welchem vom Herzoge Luder, dem späteren Kaiser, die Grafschaft Holzacia übergeben wurde — und Reinnold mit dem Heere nach Dimin, wo sie von den Slaven im Hinterhalte mit mehreren getödtet wurden[4].

Reinnold, Erwählter von Colonia, brachte die Leiber der drei Magier, wie gesagt wird, von Mediolanum nach Colonia. Victor, der Papst des Kaisers starb; ihm ließ er Wido von Crema nachfolgen, welcher auch Paschalis genannt wird. Victor wird zu Luca[5] begraben.

1165. Hartwich, Erzbischof von Bremen, weihte das Kloster der heiligen Jungfrau bei Stade am 26. September.

Der Kaiser zerstörte Lauda[6] und erbaute eine andere Stadt am Flusse Athera[7]. Während der Kaiser dort überwinterte und an einem gewissen Morgen an dem Flusse spazieren ging, allein mit einem Begleiter, Namens Tibericus Friso, sprang ein kräftiger Mann, bekleidet mit einem enganliegenden, mit Wachs und Pech bestrichenen Gewande, aus dem Hinterhalt

---

[1]) Heinrich der Löwe. — [2]) Mechthild.
[3]) Pribislav starb am 30. Dec. 1178. Aus seiner Ehe mit Woizlawa von Norwegen stammte Heinrich Borwin I, († 28. Jan. 1227) aus seiner ersten Ehe mit Mechthild, Tochter Heinrichs des Löwen, hatte er zwei Söhne, Heinrich Borwin II, Herrn von Rostock und Werle († 4. Juni 1226) und Nicolaus II, Herrn von Mecklenburg und Gadebusch († 28. Sept. 1825.)
[4]) Unweit Demmin in Pommern hatte ein Slavenheer unter Pribislav und den pommerschen Herzögen Kasimir und Bugislav Aufstellung genommen. Zwischen diesem und dem Heere Heinrichs des Löwen unter Graf Adolf von Schauenburg, Graf Reinhold von Dithmarschen, Gunzelin von Hagen und Graf Christian von Aldenburg kam es am 6. Juli 1164 bei Verchen zum Kampf, in welchem die beiden erstgenannten fielen, während Gunzelin und Christian die schon siegreichen Slaven überfielen und ihnen eine schwere Niederlage beibrachten. — [5]) Lucca.
[6]) Lodi. — [7]) Gemeint scheint die Adda. Die Zerstörung Lodis erfolgte durch die Mailänder und 1158 erbaute der Kaiser Neu-Lodi.

und den Kaiser im Rücken ergreifend und mit sich an das
Ufer wälzend, suchte er denselben in die Tiefe des Flusses zu
ziehen. Während jener zog und der Kaiser sich widersetzte,
entblöste Thibericus sein Schwert und schlug den Räuber in
Flucht. Dieser sprang ins Wasser, tauchte bald unter die Wogen,
bald über dieselben empor und verhöhnte die ihn Verfolgen=
den, und auf dem anderen Ufer von den Seinigen aufgenommen
und umarmt, sprengte er auf einem schnellen Pferde davon [1].

1166. Karl der Große wird aus dem Grabe erhoben [2],
und Heinrich, Sohn des Kaisers, zu Aquisgranum vom Vater
und den Fürsten gekrönt. Reinnold, Erwählter von Colonia,
wird, nachdem er den Kaiser nach Colonia eingeladen hatte,
von den Suffraganen geweiht, aber von Alexander gebannt.
Dieser hielt sich damals in Gallien auf und versammelte zu
Turonis ein Concil [3]. Herzog Heinrich errichtete auf einem
Unterbau die Gestalt eines Löwen und umgab die Stadt [4] mit
Wall und Graben. Und weil er mächtig und reich war, erhob
er sich gegen das Reich; daher beschloß der Kaiser, ihn zu
bemüthigen, und hieraus entstanden viele Feindseligkeiten der
Fürsten gegen den Herzog. Der Kaiser zieht mit dem Heere
nach Italien.

1167. Während der Kaiser in Italien war, greifen Rein=
nold, Erzbischof von Colonia und Christian, Erwählter von
Moguntia mit einem Heere Rom an, wo damals Papst Alexan=
der sich aufhielt. Die Römer machen auf Ermahnung Alexan=
ders einen Angriff auf das Heer, und nachdem mehrere ge=
tödtet waren, steckten sie die Köpfe der Erschlagenen auf ihre
Lanzen. Reinnold von Colonia und Christian, Erwählter von
Moguntia, stellen das Treffen wieder her, greifen die Feinde
an. Und in diesem Zusammentreffen fielen mehr als 6000

---

[1] Gehört ins Jahr 1159. — [2] Am 29. December 1165.
[3] Am 19. Mai 1163 zu Tours. — [4] Braunschweig.

Römer. Alexander floh, die Stadt blieb leer zurück. Eine sehr verderbliche Fieberpest entstand durch die Leichen und tödtete die Sieger, welche an dem Orte des Sieges in unvorsichtiger Weise geblieben waren, in sehr großer Menge. Dort stirbt [1] Reinold, Erzbischof von Colonia, und Friderich, Herzog von Suevien [2]. Die Gebeine Reinolds werden nach Colonia gebracht. An seine Stelle wird Philipp, Dechant derselben Kirche, gewählt [3].

Christian, Graf von Aldenburg, stellte sich Herzog Heinrich entgegen, eroberte die Burg Wege [4] und betrat Bremen. Die Bremer nahmen ihn auf, indem sie das Joch des Herzogs abschütteln wollten. Der Herzog sammelte ein Heer und kam nach Bremen. Aber Christian, die Furten des Flusses Gete [5] besetzend, hinderte in mannhafter Weise den Herzog am Uebergang. Dort weilten beide Heere vier Tage. Am fünften Tage ordnete Christian vier Schlachtreihen zum Kampfe. Der Herzog wandte den Rücken und ging davon. Hernach kehrt er mit großem Heere zurück, und Christian zog sich nach Aldenburg zurück, nichts fürchtend. In ebendiesem Kriegswetter starb der Graf Christian. Und da seine Vasallen, wie er selbst gebeten hatte, seinen Tod verheimlichten, indem sie ihm gleich einem Lebenden Speisen brachten, löste das von Ueberdruß ergriffene Heer des Herzogs sich auf. Es stirbt auch Heinrich, Bruder Christians. Dieser hatte zur Frau die Schwester des Grafen Heinrich von Gelre [6]; er erzeugte mit ihr Heinrich und Gherard, hernach geistlichen Standes [7], und eine Tochter, welche Wedekind von Stumpenhusen heirathete, der Sohn des Gero.

---

[1] Am 14. August. — [2] Sohn König Konrads, starb am 19. August.

[3] Die Wahl Philipps von Heinsberg erfolgte während er noch in Italien war. Für ihn übernahm Magister Heinrich, Propst von St. Stephan in Mainz, das Kanzleramt. — [4] Burg Weyhe in der Grafschaft Hoya.

[5] Gethebach, östlich von Bremen beim Dorfe Hastedt.

[6] Geldern. — [7] Er wurde 1192 Bischof von Osnabrück, 1210 Erzbischof von Bremen.

Christian aber hatte mit Cunegunde den Mauricius und Christian gezeugt. Und allein Otto, Probst der Bremer Kirche, blieb von den Söhnen des Eilmar zurück, welcher Vormund über die Nachgelassenen wurde. Hernach zerfleischten sich die Albenburger durch inneren Krieg, so daß, als ein Priester die Messe feierte, die Frisonen den Kelch des Herrn verschütteten und fortnahmen. Daher wurde die Stadt in die Hände des Herzogs Heinrich gegeben, und er behielt dieselbe so lange, bis er von dem Kaiser erniedrigt wurde.

1168. Die Fürsten kamen in Merseburg zusammen, um sich gegen den Herzog zu verschwören. Aber der Kaiser hörte auf seiner Rückkehr aus Italien die Klagen der Fürsten gegen den Herzog in Bomeburg[1] an, und für eine Weile vermittelte er den Frieden. Während auch noch das Schisma unter Wido Paschalis andauerte, rächte der Kaiser den Tod des Erzbischofs Albert[2] von Moguntia. Die Domherren erwählten zwei, Conrad von Wibelesbach und Christian, einen energischen und tapferen Mann. Papst Paschalis führte den Vorsitz im Concil zu Papia und bannte den Roland Alexander, auf der andern Seite bannte Alexander den Wido Paschalis. Arnold, Bischof von Treveris, empfing das Pallium von beiden. Christian von Moguntia hing Paschalis an. Conrad lebte mit Alexander in der Verbannung, ebenso Albert, Erzbischof von Salzburg, obwohl der Kaiser sein Oheim war.

Hartwich, Erzbischof von Bremen, stirbt am 8. October[3] und es wurden zwei gewählt, Sifrid, Sohn des Markgrafen Albert[4], und der Dekan Otbert. Und es erhob sich ein sehr großer Aufstand in Bremen, in dem Gunzelin von Zwerin[5] von Seiten des Herzogs wüthete, so daß sich der Erwählte Sifrid mit dem

---
[1] Bamberg. — [2] Vielmehr Arnold.
[3] Hartwig starb am 12. October; der Text hat fehlerhaft Octavo Nonas.
[4] Dritter Sohn Albrechts des Bären. — [5] Schwerin.

Propst Otto nach Albenburg begab. Andere flohen nach Horborch[1]. Herzog Heinrich verstieß die Schwester des Herzogs Bertold von Zaringien, heirathete die Tochter des Königs von Anglien[2], die Wittwe des Königs von Francien und feierte die Hochzeit zu Brunswich mit großer Pracht.

Als der Kaiser zu Babenberg[3] Hoftag hielt, wurden die beiden Erwählten von Bremen abgesetzt und nach dem Willen des Herzogs Baldewin, Propst von Halberstab[4], hineingeschoben[5]. Sifrid wird Bischof in Brandenburg[6], Baldewin, wiewohl ein Greis, räumte die Güter der Kirche dem Herzog und den Seinigen ein. Er empfing das Pallium von Paschalis und wurde im Schisma geweiht oder vielmehr entweiht.

1169. Alexander weilte noch in Gallien in der Verbannung, und der Kaiser ließ für Paschalis[7] eine Beisteuer in Deutschland erheben.

1170. Der Kaiser hielt in Goslaria Hof. Markgraf Albert starb. Die Burg Horburch wird zerstört.

1171. Thomas, Erzbischof von Cantuaria, wird von den Rittern König Heinrichs von Anglia in der Kirche ermordet[8]. Die Saracenen aus Afrika betraten mit 1230 Schiffen Galecia[9] und nachdem sie ihre Schiffe versenkt hatten, erwählten sie einen König, welchen sie auf einen kleinen Esel setzten, und sie selbst folgten als Fußgänger, indem sie nach Art der Heuschrecken das Land einnahmen. Sie vollbrachten während sieben Monate wunderbare und verabscheuenswerthe Thaten. Aber der König

---

[1] Harburg. — [2] Mathilde, Tochter Heinrichs II.
[3] Bamberg, oben Bomeburg genannt.
[4] In den Bremer und Hamburger Jahrbüchern wird er Capellan des Herzogs genannt. W.
[5] Balduin I, Graf von Holland, 1168—1178. — [6] 1173—1180.
[7] Vielmehr Calixtus III.
[8] Die Veranlassung war ein zwischen ihm und König Heinrich II von England entstandener Streit um die Kirchengüter und den Gerichtsstand der Geistlichen.
[9] Galicien.

von Hispania hieb während der Nacht die Unvorsichtigen und Trunkenen nieder. Herzog Heinrich verlobte seine Tochter mit dem König von Dacia, welcher von ihr einen Erben nicht erzielte [1].

1172. Christian, Erzbischof von Moguntia, Kanzler des kaiserlichen Hofes und Legat des apostolischen Stuhles, verwüstete mit Brabantinern [2] in Longobardia und Tuscia alles, griff die Bononienser an, und auf dem Pferde sitzend, mit einem Panzer bekleidet, darüber ein himmelblaues Kleid, auf dem Haupte einen vergoldeten Helm und in den Händen eine dreiknotige Keule, soll er in diesem Waffengange mit eigener Hand neun Menschen zu Boden gestreckt haben. Es sah aber der Bremer Scholasticus Heinrich, welcher damals 35 Jahre alt und Notar ebendesselben Christian war, wie dieser Erzbischof achtundzwanzig Angesehenen des Landes mit eigener Hand die Zähne mit einem Steine ausschlug. Es fliehen die Bononienser, der Erzbischof belagert die Stadt, das Heer verhöhnt die Bononienser. Papst Paschalis, die Tüchtigkeit des Mannes anerkennend, pflegte so an ihn zu schreiben: „Paschalis Bischof, Knecht der Knechte Gottes, entbietet dem christlichsten Christian, dem Legaten des apostolischen Stuhles, dem Kanzler des kaiserlichen Hofes und dem treuesten Sohne der römischen Kirche, Gruß und apostolischen Segen". Am folgenden Tage nach dem Siege veranstaltete der Erzbischof, angethan mit den kirchlichen Gewändern, eine große Feier zur Erinnerung an den Sieg, und selbst an den Altar herantretend, welcher außerhalb der Mauern Bononias sich befindet, wo ein gewisser Bischof von Aquilegia einen herrlichen Palast von Marmor und eine schöne Kirche aus Marmor erbaut hatte, vollzog er den Gottesdienst in feierlicher Weise. Der heiligen Handlung wohnten drei-

---

[1] Gertrud, in erster Ehe mit Friedrich von Rothenburg vermählt, heirathete König Knub VI von Dänemark. — [2] Söldnern.

hundert Ritter bei, alle abtrünnige Mönche, und fast ebensoviele Nonnen derselben Sekte, und sie sangen gar herrlich: „Wir wollen uns alle freuen im Herrn, den Tag feiernd zu Ehren der Thebäischen Märtyrer." Epistola: „Die Heiligen haben durch den Glauben."[1] Gratia: „Herrlich ist Gott."[2] Versus: „Deine rechte Hand, Herr".[3] Alleluia: „Man singet mit Freuden."[4] Sequentia: „Durch den Siegeskampf."[5] Ewangelium: „Wenn ihr aber hören werdet."[6] Post: Ite missa est. Der Erzbischof und die Seinigen empfingen Geiseln und sehr vieles Geld, er selbst ging mit vieler Beute nach Ancona und belagerte dasselbe zwei Jahre hindurch. Herzog Heinrich ging durch Graecien nach Jerusalem, er kehrte in demselben Jahre zurück.

1173. Erzbischof Christian, obwohl ein Deutscher, nämlich ein Thüringer, war beredt und wohlredend, ein freigebiger und berühmter Mann, er bediente sich der Lateinischen, Römischen, Gallischen, Griechischen, Apulischen, Lombardischen und Brabantinischen Sprache wie seiner eigenen Muttersprache. Keine Stadt, keine Burg wagte ihm zu widerstehen. Der obenerwähnte Scholastikus Heinrich erzählte, er habe wahrhaftig gehört, daß die Esel seines Heeres größere Ausgaben verursachten als der gesammte Haushalt des Kaisers, trotzdem dieser für sehr üppig angesehen ward. Die Geistlichen und die Frauen seines Heeres nahmen zwei sehr stark befestigte Burgen ein. Dieser Christian hatte das damals belagerte Ancona durch Hunger soweit gebracht, daß die Menschen das Leder von den Schuhen und Schildern verzehrten. Er unterwarf auch Ferraria und Ravenna.

---

[1] Hebräer 11, V. 33—39.
[2] Gloriosus deus in sanctis suis, mirabilis in majestate faciens prodigia.
[3] 2. Mose 15, 6.
[4] Vox exultationis et salutis in tabernaculis justorum. Ps. 107, 15.
[5] Agone triumphali militum regis summi dies iste celebris est populis etc. Der Verfasser ist Notker balbulus. — [6] Lucas 21, 9—19.

Die Burg Plone[1] wurde vom See auf den Berg des Bischofs verlegt. Das Land um Bremen brannte im heißen Sommer fast einen Monat lang heftig und der Brand hörte dann von selbst auf. Ein Pferd antwortete seinem Reiter, welcher sagte: „Trink Teufel!" mit den Worten: „Wider meinen Willen wirst du mich zur Tränke führen können, aber tränken wirst du mich nicht wider meinen Willen".

1175. Erzbischof Christian zerstörte Ancona[2] und dreihundert Seeräuberschiffe nahm er für seinen Gebrauch.

Zu derselben Zeit hatten die Veneter mit dem Kaiser Streit. Es liegt aber die Stadt Venetia im Adriatischen Meere, eine Insel, nicht von Natur, sondern durch Kunst geschaffen, und so begonnen. Als der König Attila Aquilegia belagerte, trieb er die Bewohner in die Flucht; diese kamen an den Ort, wo jetzt Venetia liegt, schütteten daselbst eine Insel auf und nannten dieselbe nach dem Kauf und Verkauf (venalitas) oder der Jagd (venatio) Venetia. Es hatten dort im Anfang zwei Mitbürger gewohnt, der eine reich, der andere arm. Der Reiche reiste auf Handelschaft uud verlangte Waare von dem Genossen. „Ich habe nichts", sagte der Arme, „als zwei Katzen". Diese nahm der Reiche mit sich; und zufällig kam er in ein Land, wo die Mäuse fast das ganze Land verwüstet hatten. Er verkaufte die Katzen für vieles Geld und brachte seinem Genossen sehr vieles durch den Handel Erworbene zurück.

1176. Wido Paschalis starb, ihm folgte im Schisma der Abt von Struma, Johannes Calixtus[3]. Aber die Römer nahmen ihn aus Furcht vor dem Erzbischof Christian nicht an, ebensowenig Alexander.

Neumünster wird durch Brand zerstört.

---

[1]) Plön in Holstein.
[2]) Die Belagerung wurde vielmehr im October 1164 aufgehoben.
[3]) Calixtus III.

1177. Der Kaiser, von Widerwillen gegen das Schisma erfüllt, dachte an Frieden. Denn Alexander hatten schon alle Reiche zugestimmt. Christian allein unterhielt Calixtus in dem Spoletanischen Thale.

Um ebendieselbe Zeit rief der Kaiser, durch die Mailänder beleibigt, die Fürsten zur Hülfe und ganz besonders den Herzog Heinrich. Da dieser ihm Schwierigkeiten machte, warf er sich ihm zu Füßen, der Herzog aber verschmähte es, ihn aufzuheben. Aber die Kaiserin hob ihn auf mit den Worten: „Erhebet Euch, mein Herr, seid eingedenk dieses Falles, und Gott möge desselben gedenken[1]."

Es starb Alwardus, Abt von Stade, und nach dem Willen des Herzogs stand ein sehr einfältiger Mann, der zu Rosenvelde erzogen war, der Prior Godescalc, drei Jahre lang der Kirche vor.

Aber das Glück des Herzogs begann von der Zeit an, wo er es verschmäht hatte, den Kaiser aufzuheben, wankend zu werden.

1178. Erzbischof Baldewin von Bremen starb an dem Tage[2], an welchem er den Brief von seiner Absetzung empfangen sollte, und Magister Bertold wird gewählt, indem Propst Otto allein Widerspruch erhob. Evermodus, Bischof von Razeburg starb, ihm folgte Propst Isfrid von Jericho[3]. Herzog Heinrich und Pfalzgraf Albert verheerten das Bisthum Halverstat und setzten die Kirche des heiligen Stephan, welche von Geistlichen, Weibern und Kindern gefüllt war, in Brand[4].

1179. Ein überaus zahlreich besuchtes Concil wurde vom

---

[1] Die Hamburger und Bremer Jahrbücher fügen hinzu: „Der Truchseß Jordanus sagte ruhmredig zum Herzog: „Die Krone des Reiches ist zu eueren Füßen gekommen, sie wird noch auf euer Haupt steigen". Dann folgt gleich der letzte Satz. W.

[2] Starb am 18. Juni 1178. Er war von der allgemeinen Amnestie, welche der Papst den im Schisma empor gekommenen deutschen Bischöfen bewilligte, ausgeschlossen. — [3] Jerichow im Reg. Bez. Magdeburg. Bischof von 1180—1204.

[4] Dies fällt ins Jahr 1179.

Papste Alexander im 20. Jahre seines Pontificats im Lateran abgehalten: und Johannes Calixtus stand vom Schisma ab und wurde Bischof von Beneventum. Die Erzbischöfe legten die von den Schismatikern erhaltenen Pallien ab, Christian von Moguntia und Philipp von Colonia empfingen aus der Hand des Cardinals Jacintus neue Pallien und entsagten aller Ketzerei und dem Schisma, besonders des Octavianus, des Wido und Johannes, indem ein jeder so sprach: „Ich N. N. verfluche und weise zurück alle Ketzerei, welche sich gegen die heilige katholische römische Kirche erhebt, insonderheit aber das Schisma des Octavianus, Wido und Johannes, und erkläre deren Weihen für nichtig und widersage ihnen, und ich schwöre für jetzt nnd in Zukunft Gehorsam und verspreche Treue der heiligen römischen Kirche, meinem Herrn Alexander und seinen rechtmäßigen Nachfolgern, und werde ihm dienen ohne jede Arglist gegen jeden Menschen nach bestem Wissen und wie es meinem Stande gebührt. Seine Rathschläge, welche er mir mit sicherer Schrift auftragen oder selbst mittheilen wird, werde ich keinem Menschen verrathen, und sollte ich auch Gefahr an Leib und Gliedern dabei laufen. Den Legaten der Römischen Kirche werde ich ehren, und werde ihn geleiten, zurückgeleiten und mit Geld unterstützen. So wahr mir Gott helfe und diese heiligen Evangelien." Mit diesen Worten wurden die Pallien übergeben: „Im Namen des Vaters, des Sohnes und des heiligen Geistes und zur Ehre der Gottesgebärerin Maria, der heiligen Apostel Petrus und Paulus, der heiligen Römischen Kirche und des Herrn Papstes Alexander übergeben wir Dir das Pallium, genommen von dem allerseligsten Leibe des Apostels Petrus, damit Du Dich desselben bedienest bei der Spendung der Sacramente des Leibes und Blutes des Herrn, bei der Weihe der Kirchen und des heiligen Oels, bei der Einsetzung des Geistlichen und der Feier der Synoden gemäß dem Brauche Deiner Kirche. Amen."

Auf ebendemselben Concil begehrte Bertold, Erwählter von Bremen, die Weihe in der sicherſten Erwartung, beſtätigt zu werden. Aber am Tage vorher hatte er auf dem Concil zwiſchen den Biſchöfen mit der Biſchofsmütze geſeſſen, obwohl er noch nicht Presbyter war. Dadurch zog er ſich großen Unwillen zu. Und der Magiſter Gherardus ſprach folgendes für ihn: „Herr Vater, ſiehe die Bremiſche Kirche ſtellt Dir einträchtigen und einmüthigen Sinnes ihren Erwählten, den Magiſter Bertold, vor, einen in jeder Beziehung würdigen und ſittlich bewährten Mann, geſchmückt mit Wiſſenſchaft, in den freien Künſten erfahren, in der Kenntniß des Alten und Neuen Teſtamentes wohl bewandert, durch ſeinen Fleiß in den Dekreten und Geſetzen erfahren und wie man ſieht, von anſehnlicher Perſon, canoniſch[1] und ohne allen Widerſpruch gewählt, und er erbittet heute von Dir die Würde des Prieſteramts und morgen die Weihe zum Biſchofe". Darauf ſagte der Papſt kurz: „Wir glauben Dir gerne, Magiſter, aber es iſt geſagt worden, lege niemandem die Hand zu ſchnell auf. Wir wollen mit unſeren Brüdern ſprechen und Ausführlicheres über die Art ſeiner Wahl hören." Die Abgeſandten Bremens werden von zwei Cardinälen geprüft, Reinner von Papia und Johann von Neapolis, und man fand, daß ſie von einander in ihren Ausſagen abwichen. Der Papſt gab ſeine Entſcheidung in der hierzu anberaumten Verſammlung: „Brüder, ich ſehe Eueren Erwählten, es gefällt ſeine Perſon, ſein Wiſſen, ſeine Beredſamkeit, es gefallen, ſoweit wir ſie kennen gelernt haben, ſeine Sitten, aber die Art ſeiner Wahl mißfällt, beſonders weil er, ohne die heiligen Weihen erreicht zu haben, nicht einmal als Subdiacon, ſondern als Akoluth gewählt worden iſt, in welchem Grade es nach der Strenge des Rechtes noch erlaubt iſt, ein Ehebündniß zu ſchließen, was den canoniſchen Beſtimmungen entgegenſteht.

---

[1]) Das Komma gehört vor, nicht nach canonice. W.

Wir hören außerdem auch noch von einer geschehenen Berufung, welche der Urheber derselben zurückzunehmen gezwungen wurde. Zudem ließ er sich von Neuem wählen, und die zweite Wahl vernichtete die erste. Außerdem hat Euer Erwählter vor den heiligen Weihen die Regalien aus der Hand des Kaisers erhalten. Dies und anderes, was wir übergehen, läßt nicht leicht eine Dispensation zu. Wir versagen daher der Wahl unsere Bestätigung und erklären sie für nichtig." Nachdem der Spruch gefällt, wurde dem Abgesetzten, welcher sprechen wollte, kein Gehör gegeben, sondern die Thürschließer riefen: „Erhebt Euch, geht, geht, geht."

Um ebendieselbe Zeit führte Manuel, Kaiser der Griechen, Krieg gegen den Soldan, worüber er dem Kaiser schrieb unter folgender Anrede: „Manuel in Christus gottgläubiger Kaiser, Purpurgeborener, von Gott gekrönt, Regierer, mächtig, erhaben, immer Mehrer und hochherziger Regierer der Römer, dem edelsten und ruhmwürdigsten Könige von Alemannia und Kaiser, seinem geliebten Bruder, Gruß unserer Herrschaft und Bezeugung brüderlicher Liebe." Und am Schluß des Briefes Folgendes: „Der Sultan hat sich unserer Herrschaft ergeben und hat durch abgesandte Boten unsere Gnade in Anspruch genommen und unserm Kaiserreich den Lehenseid geleistet und mit einem Eidschwur gelobt, uns gegen einen jeden Menschen mit seinem Heere zu dienen, so daß er unsern Freunden ein Freund und unsern Feinden ein Feind sei." Diesen mit goldenen Buchstaben geschriebenen Brief nahm der Kaiser an. Aber vorher hatte er eine Gesandtschaft des Sultans empfangen, welche das Gegentheil meldete. Mit ebendemselben Briefe hatte auch der Kaiser kostbare Geschenke erhalten. Unter diesen befand sich auch ein Gefäß von Smaragd, enthaltend einen Sester Nardenbalsams und sehr viel kostbare Edelsteine [1]. Der Kaiser, welcher

---

[1] Diese Geschichte von den Geschenken, die Saladin Kaiser Friedrich schickte, ge-

dem Constantinopolitaner nicht gern vertraute und unwillig die Vorausstellung seines Namens vor dem eigenen empfand, hauptsächlich da er gegen das Römische Kaiserthum arbeitete und mehrere Römer bestochen hatte, grollte auch, weil er selbst sich den Regierer der Römer genannt hatte. Er ließ also wiederschreiben: „Friderich, durch Unterstützung der göttlichen Milde berühmter Triumphator, der Römer Kaiser von Gott gekrönt, in Christo gläubig, groß, friedliebend, ruhmreicher Caesar, der Griechen Regierer, und immer Mehrer, dem edelen und ausgezeichneten Könige der Griechen, und Kaiser, Manuel, seinem geliebten Bruder, Gruß und Bezeugung brüderlicher Liebe." Und unter anderm folgendes: „Wie jener König der Könige, von welchem alle Gewalt, das Römische Kaiserreich als Haupt des gesammten Erdkreises hingestellt hat, so hat er auch den Sitz der Römischen Kirche als alleinige Mutter aller Kirchen, als ihre Herrin und Lehrerin eingesetzt, was er ja auch durch die Zahl der zwei Schwerter vorbildlich angedeutet hat, welche der Stifter des christlichen Bekenntnisses selbst als hinreichend bezeichnete. Daher ermahnen wir Deine Klugheit, daß Du uns und dem Römischen Reiche die gebührende Ehre erweisest, und dem obersten Priester, den Du dem Namen nach heilig nennst, den schuldigen Gehorsam und die schuldige Ehrerbietung leistest." Es schickte aber der Kaiser die Gesandten mit vielen Geschenken geehrt zurück.

Auf ebendemselben Lateranischen Concile waren von dem Papste zwei englische und zwei schottische Bischöfe geweiht worden; einer war mit einem einzigen Pferde gekommen, der andere zu Fuß mit einem Begleiter zu Fuß. Es war daselbst ein Bischof von Hibernia[1], welcher dem Bremer Scholastikus Heinrich berichtete, er habe keine anderen Einkünfte als drei

---

hört in das Gebiet der Sage. Ausführlicher ist dies in der Flores temporum auctore fratre ordinis Minorum [M. G. XXIV, 239] erzählt. — [1] Irland.

milchende Kühe, welche seine Parochianen beim Wegbleiben der Milch durch andere ersetzten. Sifrid, Bischof von Branden=burg, wird für den Bremer Stuhl gewählt, ein Sohn des Markgrafen Albert [1].

1180. Der Kaiser hielt zu Werceburch [2] am Geburtsfest des Herrn Hof, wo er dem Herzog Heinrich alle Lehen ab=sprach, welche er vom Reich, von Erzbischöfen oder Bischöfen hatte; Bernard, Graf von Anehalt [3], empfing das Herzogthum Saxonia, und Philipp zu Colonia das Herzogthum Westphalien. Zu Mitfasten [4] bestätigte der Kaiser zu Geilehusen die Wahl Sifrids von Bremen. Ungefähr um Petri Kettenfeier [5] kämpften die Ritter des Herzogs mit dem Grafen Gunzelin gegen die Westphalen auf dem Felde Halrefeld, wo Graf Simon gefangen genommen wurde.

1181. Der Kaiser kam nach Lubeke, dessen Uebergabe er empfing. Herzog Heinrich begab sich mit seinen Söhnen in die Gewalt des Kaisers und schwur dem Reichsgebiete ab [6].

1182. Der Knabe Franciskus wurde in der Stadt Assisi geboren, sein Vater war Petrus von Bernardona [7]. Papst Alexander starb [8]. Herzog Heinrich betritt Anglia.

1183. Auf Papst Alexander folgte Lucius, Bischof von Hostia. Dieser hatte einen Streit mit den Römern, weil sie die Stadt Tusculanum zu zerstören versuchten. Denn die Römer blendeten sechsundzwanzig Ritter von Tusculanum, setzten denselben Kronen von Pergament auf das Haupt und schrieben an eine jede den Namen eines Cardinals mit Schimpfreden, jeder hielt die Hand des andern und derjenige, welcher vorauf

---

[1] Siegfried von Anhalt, 1179—1184. — [2] Würzburg.
[3] Anhalt. — [4] Diese Zeitbestimmung scheint vielmehr zu den vorstehenden Worten zu gehören, wohin sie die Sachsenchronik und Detmar von Lübeck ziehen; s. Weiland, Forsch. XIII, 187. W. — [5] 1. August.
[6] Die Bremer und Hamburger Jahrbücher setzen hinzu „auf drei Jahre". W.
[7] Sein Vater Pietro Bernardone war daselbst ein wohlhabender Kaufmann.
[8] Am 31. August 1181.

ging, hatte ein Auge, um die Andern zu führen; auf seiner Krone war geschrieben: „Lucius nichtswürdiger Simonist" und andere Schmähungen. Der Papst aber blieb zu Anagnia.

Um ebendieselbe Zeit[1] haben einige unter den Bremensern, nämlich der Dekan Thiberich, der Custos Hartwich, Seghebob, Abt von Sanct Pauli, Hermann Propst von Bucken, Eilo, Propst von Sanct Willehab und andere, welche der Erzbischof durch Ehrenstellen erhöht hatte, sich gegen denselben verschworen, und sandten den Canoniker Heinrich, genannt Dobelsten, weil er ein Würfelspieler war, an die römische Curie. Da er hier unbekannt war, wußte er sich mit dem Scheine nichtswürdiger Heiligkeit zu umgeben. Aber der Bremer Scholastikus Hinrich trat ihm bei der Curie entgegen und entschuldigte den Erzbischof in genügender Weise, nämlich daß er seines Pelzwerk nicht trage, es sei denn, daß er seine Kleider einem andern gegeben und den Mantel eines Geistlichen oder Ritters angelegt hätte, und daß er nicht mit goldgeschmücktem Geschirr prange, wenn er nicht sein Pferd einem andern gegeben und dasjenige eines Knappen oder Ritters bestiegen hätte[2]. Und ebenderselbe Heinrich hat viele andere leere Anschuldigungen zunichte gemacht.

Während der Kaiser[3] in Erfordia in der Pfalz Hof hielt, unter der sich eine Abtrittsgrube befand, brachen die Balken, acht Fürsten, viele Edelen und mehr als hundert Ritter stürzten in die Tiefe, während keinem Bischof oder Geistlichen etwas zustieß[4]. Der Kaiser ergriff das Fenster und entkam mit Mühe. Ein gewisser Graf, nämlich der mächtige Heinrich von Swarzenborch, stürzte desto tiefer hinab, er, der immer so zu schwören pflegte: „Wenn ich dies gethan oder gesagt habe, will ich in einem Abtritt untergehen!"

---

[1] Vgl. Dehio a. a. O. II, S. 102.
[2] Diese Entschuldigungen machen mir sehr den Eindruck von Ironie. W.
[3] Vielmehr König Heinrich. — [4] Am 25. Juli 1184.

1184. Der Kaiser hielt einen sehr zahlreich besuchten Reichs=
tag in Moguntia. Dort wurde König Heinrich, sein Sohn, mit
großer Pracht und Ehre zum Ritter geschlagen. Dort wurde
das Ehegelöbniß der Constantia mit dem Sohne des Kaisers
bestätigt. Sie war aber die Tochter des Königs Roger von
Cicilien, Calabrien und Apulien, eine Schwester des Königs
Willehelm, welcher die Schwester des Königs von Anglia ge=
heirathet hatte, von derselben gewann er aber keinen Erben.
Es war aber Constantia bereits eine sechzigjährige, König Heinrich
aber noch sehr jung; und es wurde bestimmt, daß Constantia,
wenn sie ihren Bruder überleben würde, das Königreich
erhalten solle.

Papst Lucius wünschte Heinrich, den Sohn des Kaisers,
zu krönen und zu salben, wurde aber von einigen Cardinälen
daran gehindert. Darauf ging er nach Verona. Der Fron=
donensische Bischof im Lande Suecia [1], Johann, kam nach
Bremen und leistete dem Erzbischof Sifrid Gehorsam. Es
starb Sifrid, Erzbischof von Bremen. Er saß aber in Bran=
denburg fünfzehn Jahre [2]. Papst Lucius und der Kaiser hielten
einen großen Hoftag in Verona. Ebendort kam ein Bote Sa=
ladins an, welcher sich in seinem Briefe Saladin, den glück=
lichen Joseph Egyptens, Bezwinger von Damaskus und Fürsten
von Babylon nannte, und drohte, er wolle Jerusalem wieder=
gewinnen, welches ihm, wie er versicherte, nach dem Erbrechte
von der Sara gebühre. Und am Schlusse des Briefs fügte er
hinzu: „So möge mir mein Prophet Machomet helfen." Und
über diese Nachricht wurde die ganze Versammlung betrübt.
Auf Erzbischof Sifrid folgte Hartwich [3], welchem der Kaiser
die Regalien verlieh, die Weihe Papst Lucius.

[1] Schweden. Lappenberg vermuthet, daß der Bischof von Grönland gemeint sei.
[2] Siegfried war vielmehr der 15. Bischof von Brandenburg, diesen Stuhl hatte
er nur von 1173—1180 inne.
[3] Hartwig II von Utlede, 1184—1207.

1185. Papst Lucius starb zu Verona, seine Grabschrift lautet:

> Luca gab das Licht dem Lucius, aber das Bisthum Hostia, Rom den Papat, endlich Verona den Tod.

Die Kaiserin Beatrix starb, die Mutter Kaiser Heinrichs, Conrads des Sueven, Friderichs, des Herzogs von Suevien, Ottos ohne Land und Philipps, der damals noch ein kleiner Schüler war. Dem Papst Lucius folgte Erzbischof Otbert von Mediolanum, genannt Urban [1].

1186. Papst Urban starb. Ihm folgte Albert aus Apulia, Kanzler der Curie, welcher auch Gregorius genannt wird [2]. In demselben Jahre wurde auch das Kloster des Cistercienserordens Reynefelde neben der Quelle Cusmer [3] erbaut. Diesem Urban kam ein wahrheitsmeldender Bote, welcher sagte, daß Jerusalem gefallen sei. Und der Papst starb vor Schmerz. Das Heilige Land ging aber deßhalb verloren, weil die Königin einen gewissen Wido von Limoche [4], einen um Sold dienenden Ritter, liebte, den sie zum König machte. Daher verhielten sich der Graf von Tripolis, welcher nach der Herrschaft strebte, und andere Fürsten des heiligen Landes zurückhaltender und hatten mit Salabin eine Zusammenkunft. Dieser Salabin war der Sohn eines armen Schusters und auf folgende Weise in die Höhe gekommen. König Sanguin hatte einen Sohn Norendin. Dessen gekaufter Diener war Salabin, welchen er wegen seiner Klugheit zum Verwalter machte. Später Günstling der Königin geworden, vergiftete er Norendin und besaß sowohl dessen Weib als das Königreich. Später töbtete er den Patriarchen von Babylon und wurde Fürst von Babylon, Aethiopien, ganz Egypten, Damaskus und Balbac, das ist Meka,

---

[1] Urban III, bis 1187 den 20. October.
[2] Gregor VIII.
[3] Heilsaue neben dem Flecken Reinfeld in Wagrien.
[4] Wido von Lusignan.

wo Machomed begraben ist, der Gott der Heiden, welchen die Schweine zerrissen haben.

1187. Auf Gregorius folgte Paulus, Bischof von Präneste, welcher auch Clemens genannt wird.

1188. Saladin kam mit 700000 Reitern an den Libanon. Die Christen versammelten sich mit 5000 bei dem Galiläischen Meere mit dem Kreuze des Erlösers. Saladin aber schloß die Christen ein, und alsbald bestiegen der Graf von Tripolis und der jugendliche Reimund ihre Pferde und gingen davon. Die Christen wurden gefangen und verwundet und das Kreuz des Herrn gen Damaskus gebracht[1]. Saladin nahm alle Städte der Christen. Der König und der Patriarch von Jerusalem wurden gefangen. Saladin zog aufwärts nach Jerusalem, nahm dasselbe ein und schlug sein Zelt auf dem Oelberg auf. Das Grab des Herrn kauften die Surianer um 40000 Goldstücke jährlich zurück. Aber der Papst Clemens verbot, daß jemand um zu beten nach Jerusalem ginge; und die Christen, welche dorthin kamen, wurden mit Schimpfworten gekränkt. In ebendemselben Jahre prophezeiete der Abt Joachim[2] so über den Antichristen: „Wenn 1260 Jahre erfüllt sein werden, wird der Antichrist geboren werden"[3]. Und dieser wurde für sehr heilig gehalten.

1189. Der Kaiser hielt einen Hof zu Moguntia und schmückte sich mit dem Zeichen des Kreuzes, und mit ihm sein Sohn Friderich, Herzog von Suevia, und viele Erzbischöfe und Bischöfe, der Herzog von Boemia, der Herzog von Austria und viele Edle und Barone, so daß im Heere des Kaisers

---

[1]) Die Niederlage bei Hittin war schon am 5. Juli 1187.

[2]) Joachim, Abt von Floris in Calabrien, geboren ungefähr 1145 in dem Dorfe Cälicum bei Cosenza, gestorben gegen 1202, war berühmt durch seine prophetisch-apokalyptischen Studien.

[3]) Joachim hatte das Jahr 1260 (die 42 Monate oder 1260 Tage in der Apokalypse Cap. 11 = 42 Generationen nach Christi Geburt) als das Geburtsjahr des Antichristen bezeichnet.

600000 Bewaffnete gezählt wurden. Als Legat des Kreuzes wurde vom Papste Clemens der Cardinal Hinrich, Bischof von Albanum, geschickt. Der Kaiser führte sein Heer durch Ungaria und Graecia. Barbewich wird vom Herzoge zerstört, am Tage Simonis und Judae[1]. Conrad von Monferra, zum Fürsten in Tyrus gemacht, kämpfte mannhaft gegen Saladin.

1190. Die Bremenser und das Seeheer traten den Weg über das Meer an. Willehelm, König von Cecilien, starb. Er hatte aber Thancrad den königlichen Schatz und den Palast anvertraut. Dieser aber setzte sich selbst das Diadem auf, obwohl Willehelm das Reich seiner Schwester Constantia bestimmt hatte.

1191. Kaiser Friderich endigte sein Leben auf der Pilgerfahrt im 39. Jahre seiner Regierung[2]; er ertrank im Flusse Saleph und er soll damals ausgerufen haben: „Gesegnet seist Du, gekreuzigter Sohn Gottes, weil das Wasser mich aufnimmt, welches mich wiedergeboren hat, und was mich zum Christen gemacht hat, möge mich zum Märtyrer machen". Und so gab er seinen Geist auf. Friderich, der Herzog von Suevien, führte das Heer nach Antiochia, und feierte da dem Vater ein würdiges Leichenbegängniß.

Papst Clemens starb; ihm folgte Jacintus, welcher auch Celestin genannt wird, und wurde in der Osterbigilie geweiht[3].

Heinrich, Sohn des Kaisers Friderich, der 86. von Augustus ab, wird am Ostertage von Celestin mit Constantia gekrönt[4]. Der Kaiser betrat mit der Kaiserin Apulia, in seiner Begleitung befanden sich Conrad, Erzbischof von Moguntia, denn Christian war gestorben[5], und Philipp von Colonia. Es

---

[1]) Am 28. October. — [2]) Am 10. Juni 1190.
[3]) Am 13. April zum Priester, am 14. zum Papst. Hiernach ist fehlerhafter Weise die Jahreszahl 1192 gesetzt. W. — [4]) Am 15. April dem Ostermontag.
[5]) Am 25. August 1183.

wüthete aber eine sehr große Pest im Heere, an welcher Philipp von Colonia starb[1]; ihm folgte Bruno[2], bereits hochbejahrt. Auch der Kaiser erkrankte heftig und wurde nach Sorella gebracht, so daß er tobt gesagt wurde.

Die Deutschen verhandelten schon über einen andern König und besonders Herzog Heinrich, dessen Sohn Heinrich schon mit Thancrab sich verschworen hatte, und der vor kurzem durch Graecia, Ungaria und Boemia zurückgekehrt war in der Gestalt eines einäugigen Knappen, nachdem er das andere durch ein Pflaster verklebt hatte.

Christian, Graf von Albenburg, wurde nach seiner Rückkehr aus dem Lande der Verheißung, während er in einer ärmlichen Scheune schlief, auf Veranlassung seines Bruders Mauriz durch Messerstiche getödtet. Die Mörder, überführt durch das Urtheil der zwölf Pflugscharen[3], wurden mit der Strafe des Rades belegt. Der genesende Kaiser schickte gegen Thancrab ein Heer, und er selbst hielt sich am Rhein auf[4]. Er hatte aber den Römern die Stadt Tusculanum geschenkt, welche dieselben von Grund aus zerstörten.

1192. Der König von Francia, der König Richard von Anglia und Markgraf Conrad befreieten Akkaron von den Saracenen[5]. Aber Richard, König von Anglia, wurde heftig verdächtigt wegen Annahme von Geld von den Söhnen Saladins für den Verrath an Markgraf Conrad und den anderen Fürsten. Er hatte auch die Zelte des Königs von Francia und des Herzogs von Austria niedertreten lassen, um einen Aufruhr hervorzurufen, da er vorhatte zurückzugehen. Es be-

---

[1] Am 13. August 1191. — [2] Bruno, Graf von Berg, 1191—1193.
[3] Das Überschreiten glühender Pflugscharen ist besonders im nördlichen Teutschland als Gerichtsverfahren zur Anwendung gekommen. Schon im XIII. Jahrh. trat dafür das Recht ein, sich durch einen Zwölfereid von angeschuldigten Verbrechen reinigen zu dürfen. — [4] Im J. 1192.
[5] Die Befreiung Accons fällt in das Jahr 1191.

lief sich aber die für den Verrath erhaltene Summe auf zwölf Lasten.

Woldemar[1], Bischof von Sleswich, wollte sich des Königreiches Dacia bemächtigen, ihn nahm der König[2] gefangen und warf ihn ins Gefängniß.

1193. König Richard von Anglia kehrte mit dem Gelde zurück, erlitt aber einen Schiffbruch[3], verlor das Geld und entkam mit Mühe. Er kam nach Austria und wurde von den Mannen des Herzogs in der Stadt Wen[4], als er am Feuer saß und ein Huhn briet, gefangen genommen[5]. Er wurde dem Kaiser Heinrich ausgeliefert[6], aber er kaufte sich selbst mit Geld los. Albert, Bischof von Leobium[7], wurde, wie man sagt, auf Veranlassung des Kaisers von Meuchelmördern ermordet[8].

1194. Nach dem Tode Salabins[9] besaßen dessen Söhne Sanguin und Norenbin Jerusalem in Frieden. Richard, König von Anglia, zahlte dem Kaiser 150000 Pfund Silber. Baldewin, Bischof von Trajectum, floh nach Trent[10], nachdem vor Cosvelt viele getödtet waren. Heinrich, Sohn des Herzogs Heinrich, führte Agnes, die Tochter des Pfalzgrafen Conrad bei Rhein, heim. Auf Bruno von Colonia[11] folgte Adolf[12]. Thancrab, König von Apulia, starb mit Hinterlassung eines sehr kleinen Sohnes[13]. Die Bremer Canonichen erduldeten von den Bürgern viele Unbilden wegen des Erzbischofs Hartwich, den sie wiederum aufgenommen hatten.

---

[1] Waldemar, Prinz von Dänemark, 1182—1208. Vgl. z. Jahre 1208.
[2] Der Herzog Waldemar, wie in den Hamburger Jahrbüchern richtig gesagt ist. W. — [3] In der Gegend von Aquileja.
[4] Wien. Die Gefangennahme erfolgte in Erdberg bei Wien.
[5] Am 21. Dec. 1192. — [6] Am 23. März 1193. — [7] Lüttich.
[8] Am 24. Nov. 1192 durch drei deutsche Ritter, Lütticher Lehnsmannen. Man bezichtigte Heinrich VI der Mitschuld.
[9] Am 4. März 1193. — [10] Drenthe. — [11] Bruno resignierte 1193.
[12] Adolf I, Graf von Altena, 1193—1205; er starb am 15. April 1220.
[13] Er starb am 20. Februar 1194. Sein Sohn Wilhelm III regierte unter der Vormundschaft seiner Mutter.

1195. Es wurde dem Kaiser Heinrich in dem Spoleta=
nischen Thal ein Sohn geboren, in der Stadt Asis[1], während
der Nacht, welche dem Tage Johannis des Evangelisten vorauf=
geht[2], und wurde in Gegenwart von fünfzehn Bischöfen und
Cardinälen getauft und Friderich genannt. Der Kaiser nahm
Salerna ein. Er nahm auch Margareta[3] gefangen, den mäch=
tigsten unter den Piraten, welche ihn mit List hatten tödten
wollen. Den Gefangenen aber ließ er blenden. Es wurde
auch gefangen genommen der Sohn des Königs Thancrad,
dessen verwittwete Mutter[4] und seine Tochter[5]. Es wurde
auch gefangen genommen die Tochter des Königs Isaac von
Constantinopel, die Verlobte des Sohnes von Thancrad, mit
Namen Cecilia[6], welche später der römische König Philipp heim=
führte. Herzog Heinrich starb mit Hinterlassung seiner Söhne
Otto, Heinrich und Willehelm. Der Kaiser schmückte sich mit
dem Zeichen des Kreuzes und ebenso eine sehr große Menge
von Christen. Ein gewisser Bertold[7] vom grauen Orden wurde
vom Erzbischof Hartwich geweiht und nach Livonia geschickt.
Baldewin, Bischof von Trajectum, starb; es wurden zwei ge=
wählt, die auf dem Wege nach Rom starben. Gewählt wurde
aber Thiderich, Propst von Xanten.

1196. Es wurde dem Kaiser hinterbracht, daß die Kaiserin
einem gewissen Jordanus von Sicilien[8] Kleinodien geschickt und
herrlichere dagegen empfangen hätte. Dieser rühmte sich, er
werde König werden und Constantia heimführen. Diesen fing

---

[1] Jesi. — [2] Am 26. December.
[3] Margaritone, Admiral Wilhelms II von Sicilien. Sein ganzes Besitzthum wurde der Bürgerschaft geschenkt.
[4] Sibylla, Tochter des Grafen Roger von Acerra.
[5] Tancred hatte drei Töchter: Albinia, Medania, Constantia.
[6] Irene, Tochter des Jsaac II Angelos.
[7] Berthold, Abt von Loccum, nach dem Tode des Bischofs Meinhard 1196. Er kam 1198 nach Livland.
[8] Gemeint ist der Burgherr von St. Giovanni. Vgl. Toeche a. O. 458, 459.

der Kaiser, setzte ihn auf einen glühenden eisernen Stuhl und ließ ihm eine glühende Krone auf dem Haupte festnageln. Einen gewissen Richard ließ er durch die Straßen schleifen und aufhängen, weil er ihn auf Anstiften der Constantia hatte vergiften wollen.

1197. Erzbischof Hartwich ging zu Schiff ins heilige Land, ebenso Pfalzgraf Heinrich; wo die ruhmbegierigen Fürsten damals uneinig waren. Der Kaiser aber ließ den Pilgern große Hilfsmittel zukommen. Erzbischof Hartwich wurde auf seiner Meeresfahrt vom Bischof von Ulixisbona[1] ehrenvoll empfangen.

1198. Papst Celestin starb; ihm folgte Lothar[2], welcher auch Innocenz genannt wird, ein junger Römer. Der Kaiser begab sich nach Sicilia. Nachdem er Messana, Brundisium und andere Städte unterworfen und das Königreich von Sicilien, Apulien und Kalabrien schon in ruhigem Besitze hatte, schloß er sein Leben am Feste des heiligen Michahel[3]. Die Pilger, welche von dem Tode des Kaisers nichts wußten, hatten schon Baruth[4] genommen und belagerten Thuris[5]. Als sie aber Kenntniß von dem Tode des Kaisers erhielten, wurden sie bestürzt und kehrten nach Akkaron[6] zurück. Der König von Jerusalem[7] stand während der Nacht auf, um Urin zu lassen, er stürzte aus dem Fenster und brach das Genick und starb, ebenso sein Diener, welcher ihn zurückhalten wollte. Die auf der Pilgerfahrt begriffenen Fürsten wählten den in noch jugendlichem Alter stehenden Sohn des Kaisers, Friderich. Er wurde aber von seiner Mutter mit einem anderen Namen Constantinus genannt. Aber die Fürsten Alemannias

---

[1] Lissabon. — [2] Lothar von Segni als Papst Innocenz III.
[3] Er starb am 28. September. — [4] Beirut.
[5] Toron, eine Burg zwischen Tyrus und Tiberias gelegen, Zufluchtsort Malets al Adel. — [6] Akkon.
[7] Heinrich, Graf von Champagne, starb 1197. Vgl. Wilken, Gesch. d. Kreuzzüge, Band V, S. 26 ff.

wählten Philipp, den Bruder Kaiser Heinrichs, mit Ausnahme des Erzbischofs Adolf von Colonia, welcher mit seinen Anhängern den Herzog von Zaringia wählte; dieser wollte aber nicht annehmen[1]. Daher erwählte er Otto, den Sohn Heinrichs von Bruneswich, mit Zustimmung und Hülfe Richards, Königs von Anglia, seines Oheims, seines Bruders Heinrich und des Herzogs von Brabantia[2]. Otto wird zu Aquisgranum[3], Philipp bei Mogontia[4] gekrönt.

Der Dekan Robolf von Bremen wurde von einem geringen Zimmermann in Fresia in dem Dorfe Dichusen mit einem Messer durchbohrt und starb in derselben Nacht, nämlich der des heiligen Urban. Bertold, Bischof von Livonia, wird von den Heiden ermordet[5]; an seine Stelle wird Albert, Domherr von Bremen, gewählt. Um ebendieselbe Zeit war Fulco, ein Presbyter in Francien, berühmt durch Zeichen und Wunder[6].

1199. Hartwich, Erzbischof von Bremen, schiffte aus dem Lande der Verheißung nach Venetia und ging von dort weiter nach Bremen; er brachte mit sich Reliquien der heiligen Anna und das Schwert des Petrus, womit er dem Malchus das Ohr abgeschlagen hatte. Die Pilger kehrten wegen des Todes des Kaisers zurück, nachdem sie Frieden mit den Saracenen auf 6 Jahre, 6 Monate, 6 Tage geschlossen hatten. Auf der Rückkehr hatten sie von den Siculern und Apulern viele Unbilden zu erdulden. Philipp und Otto bekämpfen sich gegenseitig tapfer zu großem Nachtheil des Reiches. Richard, König von Anglia, unterstützte seinen Neffen Otto mit Geld, er selbst aber wurde in Pictavia vor einer gewissen Burg von einem

---

[1] Bertold V († 1218) von Zähringen. Die Wahl erfolgte in Cöln anfangs März 1198 durch den Erzbischof und die niederrheinischen Fürsten, denen der Bischof von Straßburg und Graf Albert von Dagsburg beistimmten.
[2] Heinrich. — [3] Am 12. Juli 1198.
[4] Am 15. August 1198. — [5] Am 24. Juli 1198.
[6] Fulco, Pfarrer von Neuilly bei Paris, gewaltiger Volksredner und Kreuzprediger, er starb im März 1202, siehe unten zum Jahre 1202.

Pfeil durchbohrt und starb am siebenten Tage¹. Ihm folgte Johannes, sein Bruder. Der Dänenkönig Canut sandte seinen Bruder, den Herzog Woldemar, und beabsichtigte Hamenburg und ² Stabium zu erobern. Aber der Erzbischof Hartwich und Graf Adolf stellten sich ihm an der Eibera entgegen³. Elver, Abt von Stade, starb am Tage Gregors⁴, an seiner Stelle wird der Prior derselben Kirche Christophorus gewählt.

1200. Conrad, Erzbischof von Moguntia, starb⁵ nach seiner Rückkehr aus Antiochia. König Philipp belagert Brunswich⁶, erobert es aber nicht. Albert⁷, Bischof von Livonia, betritt mit den Pilgern Livonia.

1201. Philipp und Otto erprobten ihre Kräfte an der Mosella. Canut, König der Dänen, belagert Hammamburg und sein Bruder, Herzog Woldemar, fährt in die Albia ein, um den Grafen Adolf anzugreifen. Hammamburg wird erobert und Graf Adolf, bedingungsweise zum Herzog hinausgekommen, wird gefesselt und zum Bischof Woldemar als Gefangener in das Gefängniß geschickt. Es wurde auch Lubeke vom Herzog Woldemar erobert.

1202. König Otto verlobte dem Herzoge der Dänen die Tochter seines Bruders Heinrich in Hamburg⁹ und die Schwester des Herzogs Helena seinem Bruder Willehelm. König

---

¹) Richard starb am 6. April an den Folgen einer in einer Fehde mit dem Vicomte Guidomar von Limoges vor dessen Schloß erhaltenen Wunde.

²) sive ist hier durch „und" übersetzt.

³) In der sächsischen Weltchronik, welche einen reicheren Text gehabt zu haben scheint, heißt es hier: „unde de marcgreve Otto van Brandenburch unde andern herren vile, unde lagen dar also lange, dat de Denen voren to lande. 1201 (richtiger 1200) Darna vor aver de hertoge Woldemar in dat lant to Holzaten unde greve Alf gaf ime Reinoldesburch, also dat he it solde breken, unde ne braf is nicht, wane twe planken. Desselven jares untsatten sic de Stedinge weder ere rechten herschap unde branden de burge be in irme lande waren. Des anderen jares do gewan hertoge Waldemar Razeburch". W. — ⁴) Am 12. März.

⁵) Am 27. October. — ⁶) Im Juli.

⁷) Geweiht war er im März 1199. — ⁸) Die Elbe.

⁹) Irmengard. Sie war sieben Jahr alt.

Otto wird in Stadium aufgenommen und in Bremen[1]. Simon, Graf von Tekeneburg, welcher gegen den Grafen Hermann von Ravenesberg und dessen Sohn Otto kämpfte, wird getödtet. Aber ebenderselbe Hermann wird mit seinem Sohne gefangen fortgeführt. Der Presbyter Fulco starb. Conrad, Bischof von Herbipolis, wird getödtet[2]. Der König der Dänen, Kanut, starb; welchem Wolbemar, sein Bruder, in der Herrschaft folgte.

In ebendemselben Jahre am Donnerstag in der Osterwoche gingen zwei Männer in der Nähe von Stadium nach dem Hofe Herthorpe, welchen später Herzog Heinrich zum Seelenheil seiner Gemahlin Agnes der Kirche der seligen Maria in Stadium schenkte, um Grasstücke auszustechen und nahmen ihre Speisen mit sich mit einem Stück Butter, welches an dem Ostertage geweiht worden war. Der ältere hieß Redwin, der jüngere Etheler, beide noch lebend, nämlich im Jahre des Herrn 1240. Während sie mit dem Ausgraben von Rasenstücken beschäftigt sind, hörten sie in der Umgebung eines nahen Brombeerstrauches das Geräusch von Krähen und das Gekreische anderer Vögel; und in der Meinung, dort läge ein Fuchs oder Hase, der von den Jägern, welche diesen Platz häufig zu besuchen pflegten, verloren oder ohne ihr Wissen zurückgelassen wäre, gingen sie schnell dorthin, und als sie in ihrer Hoffnung getäuscht zurückgekehrt waren, haben sie die Butter, welche sie zurückgelassen hatten, auf keine Weise wieder gefunden. Sie überlegen unter sich, wohin sie wohl gekommen wäre, und während sie sich noch sehr verwundern über den Verlust, besonders da das kleine Gefäß, in welches sie gelegt war, sorgfältig wie vorher in ein Leinentuch eingehüllt war, gingen sie wieder an die Arbeit des Ausgrabens.

---

[1] In der sächsischen Weltchronik heißt es: „In dem anderen Jare vor de koning Otto vor Stade unde gewan se bischop Hartwige af." W.
[2] Den 3. December.

Und während sie gruben, fanden sie die Butter in unberührtem Erdboden über eine Fußlänge tief, wobei Etheler diese, während er Rasen aushob, mit seiner Grabscheit theilte. Etheler aß davon, Redwin wagte nicht, hiervon zu essen.

1203. Die Burg Lovenburg[1], haben die Leute des Grafen Adolf Woldemar, dem Könige der Dänen[2], für die Befreiung des Grafen zurückgegeben. König Philipp in Thuringia und König Otto bei Misna[3] mit Hülfe der Boemen[4] erprobten ihre Kräfte. Albert, Bischof von Livonia[5], erbaute die Stadt Riga.

1204. Die Stebinger begannen dem Mauricius und ihren andern Lehnherren Widerstand zu leisten, Philipp nahm den Landgrafen[6] zu Gnaden an, nachdem die Könige von Boemia und Ungaria verjagt waren. Herzog Heinrich ging, während die Stunde des Kampfes bevorstand, vor Brunswich von seinem Bruder Otto zu Philipp über.

Hermann, Bischof von Münster, starb[7]. An seine Stelle wird Otto[8], Propst der Bremenser Kirche, gewählt. Hisfrid, Bischof von Racisburg, starb[9], ihm folgte Philipp[10].

Die Deutschen eroberten Constantinopel und setzten den Grafen Baldewin von Flandern zum König ein. Es starb Agnes[11], die Gemahlin Herzog Heinrichs des Pfalzgrafen[12], und wird in der Kirche der seligen Jungfrau bei Stadium begraben.

1205. Rodolf, Bischof von Verden, starb, ihm folgte Iso[13]. Bischof Hartwich wird in Stadium aufgenommen.

---

[1]) Lauenburg. — [2]) Waldemar II, 1202—1241. — [3]) Meissen.
[4]) Ottokar I von Böhmen. Ebenso unterstützte Pfalzgraf Heinrich von Braunschweig Otto. — [5]) „mit den pelegrimen" setzt die Sachsenchronik zu. W.
[6]) Hermann, starb am 17. September 1216 zu Ichtershausen unweit Erfurt.
[7]) Hermann II, Graf von Katzenellenbogen, starb am 8. Juni 1203.
[8]) Otto, Graf von Oldenburg, Dompropst seit 1201, 1203—1218.
[9]) Am 15. Juni 1204. — [10]) 1204—1215.
[11]) Am 9. Mai. — [12]) Bei Rhein. — [13]) Iso, Graf von Wölpe, 1205—1231.

Philipp und Otto erprobten ihre Kräfte wiederum bei Colonia. Dort wurde Otto schwer verwundet[1].

1206. Franciscus wendet sich von den Nichtigkeiten dieser Welt ab. Philipp und Otto erprobten ihre Kräfte wiederum bei Colonia und Otto wurde wiederum schwer verwundet[2]. Endlich ließen die Colonienser von Otto ab und kehrten in die Gnade Philipps zurück. Philipp und Otto versprachen sich unter einer gewissen Bedingung gegenseitige Versöhnung.

1207. Philipp und Otto verhandelten auf einer Versammlung in Quedelinburch in Gegenwart zweier Cardinäle[3] über die Aussöhnung, erreichten aber nichts. Dennoch bewilligten sie einen Waffenstillstand bis zum Feste Johannis des Täufers[4]. Hartwich, Erzbischof von Bremen, überfiel mit einem zusammengebrachten Heere die Stedinger, kehrte aber, nachdem er Geld empfangen, zurück und starb kurze Zeit darauf[5].

1208. König Philipp wird von dem Grafen von Witilspach[6] in Bavenberg getödtet am 21. Juni und wird in Spira begraben[7]. König Otto wurde, da ihm zuerst die Saxonen zufielen, dann die Fürsten, nachdem er sich auch mit einer Tochter des Königs Philipp[8] verlobt hatte, mit welcher er dessen ganzes Erbe erhielt, plötzlich in der Herrschaft bestätigt. Er hielt sofort einen Hoftag in Frankenevorda, stellte den Frieden her und erneuerte die Gesetze. Woldemar, Bischof von Sclesswich, wird von den Bremensern gewählt, und einige von den Domherren und Dienstmannen werden für ihn an den Römischen Stuhl gesendet. Aber weil er ohne Beurlaubung vom Papste fortgegangen war, beraubte ihn der Papst beider Bisthümer,

---

[1] Von dem Reichsmarschall Heinrich von Kalben, am 30. September.
[2] Bei Wassenberg im September.
[3] Die Kardinäle Hugo, Bischof von Ostia und Velletri, und Leo, Presbyter von S. Croce. — [4] 24. Juni. — [5] Am 3. November.
[6] Wittelsbach.
[7] Philipps Leiche wurde am 22. Juni im Dome zu Bamberg beigesetzt und erst 1213 nach Speier übergeführt. — [8] Beatrix.

dennoch kam er, und nahm, da einige ihn begünstigten, den Bremenser Sitz ein[1]. Adolf von Colonia, welcher zuerst Otto zur Herrschaft gerufen, aber schnell verlassen hat, wird abgesetzt[2], an seine Stelle wird Bruno, Propst von Bunna[3], eingesetzt und nach seinem Tode[4] wird Thiberich[5], Propst von S. Aposteln, gewählt. Woldemar eroberte die Stadt Stade[6], deren Thürme und Häuser ein Unwetter kurz vorher umgestürzt hatte und beraubte sie aller Sachen am Tage der Findung Stephans, einem Sonntage.

1209. Otto, des Herzogs Heinrich Sohn, der 88. von Augustus, wird zu Rom vom Papste Innocenz gekrönt. Um ebendieselbe Zeit beginnt der Orden der Predigermönche und Minderen Brüder. Thidmar, Bischof von Minden, starb[8].

1210. Der Kaiser eroberte die Städte und Burgen, von denen der Papst sagte, daß sie Eigenthum des heiligen Petrus seien, durch ganz Tuscia und sandte sein Heer nach Apulien, welches Friderich, König von Cicilia, inne hatte. Daher bannte ihn der Papst[9]. Eine Menge von Kreuzträgern ging gegen die Ketzer nach Gallien. Thiberich, Bischof von Lubeke, starb, welchem Berthold, Domherr derselben Kirche, folgte[10].

1211. Der Kaiser gewann in Apulien die Burgen und Städte. Der Papst bestätigte den Bischof Gherard von Osnaburg zum Erzbischof von Bremen. Aber Herzog Bernard führte Woldemar gleichsam auf Geheiß des Kaisers nach Bremen zurück und die Stadt wurde seinetwegen mit dem Interdict belegt.

---

[1] 1208—1211. — [2] 1205. — [3] Bonn. Bruno IV.
[4] Am 2. November.
[5] Dietrich von Heinsberg, gewählt am 22. December.
[6] „mit den Stedingen" heißt es in der Sachsenchronik. W.
[7] Am 3. August.
[8] Thiedmar war schon 1206 gestorben, Bischof Heinrich II starb 1209.
[9] Am 18. November. Die öffentliche Excommunication fand am 31. März 1911 statt.
[10] Die Hamburger Annalen setzen hinzu: „welchen der Bischof Iso von Verden in der Kirche der heiligen Jungfrau bei Stade weihte." W.

Herzog Bernard starb nach seiner Rückkehr von Hathelaria nach Berneburg¹, sein jüngerer Sohn Albert erhielt das Herzogthum, der ältere Heinrich aber die Grafschaft².

1212. Papst Innocentius erweckte dem Kaiser bei seiner Rückkehr nach Deutschland einen Gegner, nämlich Friderich, König von Sicilien, den Sohn des Kaisers Hinrich, welchem durch den Papst viele Städte Italiens zufielen. Der Kaiser heirathete die Tochter des Königs Philipp, welche sofort nach der Hochzeit starb³. Die Stedinger werden mächtiger, zerstören die Burg Munzowe⁴ und Sehusen, belagern die Burg Haghena⁵. Willehelm von Luneburch starb⁶; er hinterließ den noch sehr jungen Otto. Der Herzog⁷ von Brabant zerstörte Leodium. Thibericus, Bischof von Trajectum, starb. An seine Stelle wird Otto⁸, Bruder des Grafen von Gelria, durch den Erzbischof Adolf von Colonia, welchem die Domherrn die Wahl gegeben hatten, gewählt, ein Jüngling von achtzehn Jahren und lange bemühte man sich bei der Curie um dessen Dispensation. Endlich in einem andern Jahre wollte ihn der Papst selbst sehen, und als er sich zur Reise vorbereitet hatte, starb er⁹. Ihm folgte Otto¹⁰, Dompropst. Um ebendieselbe Zeit liefen Knaben ohne Führer, ohne Leiter aus den gesammten Weilern und Städten aller Gegenden mit gierigen Schritten den überseeischen Ländern zu und antworteten, wenn sie gefragt wurden, wohin sie gingen: „Nach Jerusalem, das heilige Land zu suchen." Sehr viele von ihnen wurden von den Eltern eingeschlossen, aber vergeblich, weil sie Thüren und Wände durchbrachen und entwichen. Als der Papst von diesen

---

1) Im Februar 1212. — 2) Anhalt.
3) Am 11. August. Sie wurde in der Blafiuskirche zu Braunschweig beigesetzt.
4) Die Münte. — 5) Dorfhagen.
6) 1213. — 7) Heinrich I. — 8) 1212—1215.
9) Am 27. März 1215.
10) Otto II von Lippe, empfing am 19. Mai in Frankfurt die Belehnung.

Gerüchten hörte, sagte er seufzend: „Diese Kinder beschämen uns, weil wir schlafen, während sie zur Wiedereroberung des heiligen Landes eilen." Bis jetzt weiß man nicht, wohin sie gekommen sind. Aber sehr viele kehrten zurück, und als man diese nach der Ursache ihres Zuges fragte, sagten sie, sie wüßten es nicht. Auch nackte Frauen liefen um ebendieselbe Zeit nichts sprechend durch die Dörfer und Städte.

1213. Der Bischof[1] von Leodium, mit dem Herzoge[2] von Brabantien kämpfend[3], tödtete fast 1500 von den Seinigen und nahm sehr viele gefangen. Der Kaiser verwüstet das Magdeburgensische Bisthum und das Land des Landgrafen. König Friderich folgt ihm mit den Boemen, um Brunswich zu belagern, kehrt aber nach Quidelingeburg zurück. Der Graf Heinrich von Hogia nahm sehr viele von den Stedingern gefangen und tödtete sie, als sie auf Ermahnung Woldemars das Land durch Brandstiftung und Raubzüge verheerten. Bischof Gherardus erbaut Scluttere[4], Herzog Heinrich Valkenberch[5].

1214. Papst Innocenz beschloß das Kreuz predigen zu lassen, und verkündigte ein allgemeines Concil. Heinrich der jüngere Pfalzgraf starb. Der König der Dänen belagerte Wotmunde und nahm es ein, und Markgraf Albert Primberge. Der Bischof von Münster[6] wird zu Colonia gefangen genommen und in Werdina[7] mit Gunter, Grafen von Kevelenberg[8], dem Gefängniß übergeben. Der Kaiser hatte mit dem Könige von Francien[9] ein Treffen[10], verlor aber den Sieg und der Graf von Flandria[11] und Graf Otto von Thekeneburg wurden gefangen. Die Stedinger zerstören Stotlo. Segebobo, Abt von Rosenvelde, starb, ihm folgte Hermann, Propst derselben Kirche.

---

[1] Hugo. — [2] Heinrich I. — [3] Bei Steppes am 13. October.
[4] Slutter bei Delmenhorst. — [5] Falkenberg im Anhaltischen.
[6] Otto von Oldenburg. — [7] Kaiserswerth.
[8] Günther von Käsernburg. — [9] Philipp II.
[10] Bei Bouvines am 27. Juli. 1214. — [11] Ferrand.

1215. König Friderich nahm Tribels und Landescrone ein. Der König der Dänen bringt mit vielen Schiffen in die Albia ein, um Stabium zu überfallen, aber der Pfalzgraf hindert es. Der Kaiser belagert mit seinem Bruder, dem Markgrafen von Brandenburg, und dem Bischof Wolbemar Hamburg und nahm es in Frieden. Der Bischof von Münster wird von dem Grafen Adolf [1] der Gefangenschaft entrissen und von ihm die Burg Werbina belagert. Im Monat November wurde die Synode zu Rom in der Kirche des Heilandes, welche die Constantinianische genannt wird, vom Papste Innocentius im 18. Jahre seines Pontificats gefeiert. Auf derselben waren 412 Bischöfe, unter welchen von den hervorragenden Patriarchen zwei waren, nämlich von Constantinopel und Jerusalem. Der Antiochener aber, von schwerer Krankheit ergriffen, konnte nicht kommen, sondern sandte für sich einen Stellvertreter, den Antiobonensischen [2] Bischof. Der Alexandriner aber, unter der Oberherrschaft der Saracenen befindlich, that, was er konnte, indem er seinen Bruder schickte. Primaten aber und Metropoliten 76. Im übrigen Aebte und Prioren, auch Pröbste über 700; von den abwesenden Erzbischöfen und Bischöfen, Aebten, Prioren und Capiteln hat eine zuverlässige Zahl nicht festgestellt werden können. Abgeordnete des Kaisers Otto, des Königs Friderich von Sicilien, auch des Kaisers von Constantinopel, des Königs von Jerusalem, des Königs von Francia, des Königs von Anglia, des Königs von Cyprus, des Königs von Arragonia und anderer Fürsten und Magnaten waren anwesend. Aus den Städten und anderen Orten war eine ungeheure Menge herbeigekommen [3]. In ebendemselben Jahre starb Papst Innocentius zu Perusium [4], welchem

---

[1] Adolf V von Berg. — [2] Richtiger „Antaraber".
[3] Vgl. Winkelmann: Gesch. Kaiser Friedrich II, Bd. I, S. 105 und dess. Philipp und Otto IV, Bd. II, S. 513 u. 422, Anm. 2. — [4] Am 16. Juli 1216.

Honorius folgte¹. Philipp, Bischof von Raceburg, starb; ihm folgte Heinrich, Propst derselben Kirche.

1216. Der König der Dänen überschritt die eisstarrende Albia² und wollte Stadium erobern³, aber bevor das Eis sich löste, kehrt er zurück und wendet alle seine Kräfte gegen Hamburg⁴. Er schlug also ein Lager neben der Albia unterhalb der Stadt auf, und der Graf Albert⁵ ein anderes oberhalb der Stadt. Daher ergaben sich die Hamburger von Ueberdruß ergriffen. Die Pilger erobern nach Vertreibung der Saracenen den Berg Thabor wieder. Die Stedinger verbinden sich zum Nachtheil der Bremenser mit dem Bischof Gherard und seinen Dienstmannen, gegen deren Einfälle die Bremenser den Herzog Heinrich herbeiholen.

Bischof Gherard und Graf Albert erbauen eine Burg bei Swenge⁶, aber Herzog Heinrich zerstörte sie bald.

1217. Die Bremenser führen mit den Stedingern nach Zurückweisung Woldemars den Bischof Gherard ein. Daher plündert der Kaiser mit seinem Bruder das Bremer Land und zündet es an. Der Graf Albert⁷ betritt Livonia, und viele Pilger brachen nach Jerusalem auf, von Marsilia⁸ aus das heilige Land suchend. In ihrer Begleitung war Magister Oliver, ein sehr berühmter Prediger, hernach Erwählter von Paderborn und endlich Kardinalpresbyter von Sancta Sabina.

1218. Kaiser Otto, welcher im 20. Jahre seiner Regierung in der Burg Harceburg⁹ von unsagbarer Reue ergriffen war, so daß er seinen Köchen befohlen hatte, daß sie ihm auf

---

¹) Kardinalpresbyter Cencius Sabelli von S. Johann und S. Paul.
²) Am Palmtag (3. April) nach den Bremer Annalen. W.
³) Die Sachsenchronik setzt hinzu: „unde verherede dat lant unde rovede' it unde brand' it en del." W. — ⁴) Detmar setzt hinzu: „umme dat se den kaiser Otten des jares davor hadden laten komen in de stad". W. — ⁵) Die Bremer Annalen bezeichnen ihn genauer als A. von Orlamunde, Sohn der Schwester des Königs. W.
⁶) Schwinge. Nach anderer Nachricht geschah dies 1218.
⁷) Von Orlamünde. — ⁸) Marseille. — ⁹) Harzburg.

ben Hals treten sollten, starb am 19. Mai, von bem Bischof von Hildensem, Sifrid, absolvirt. Diese Lossprechung bestätigte Papst Honorius. Er wurde aber in Brunswich begraben. Die Burg Vorba wird von den Dienstmannen der Bremer Kirche eingenommen[1]. König Friderich feierte in Hervordia einen Hoftag und wird in der Herrschaft bestätigt.

1219. König Friderich berief eine Zusammenkunft der Fürsten nach Goslaria, wo Herzog Heinrich ihm die Reichskleinodien überreichte. Bei Frankenevorbe stirbt Erzbischof Gherard von Bremen, dorthin berufen, um einen Frieden zwischen ihm und Herzog Heinrich zu schließen[2]. An seine Stelle wird Gherardus, Propst von Palburnia[3], Sohn des Bernhard von Lippia[4], welcher zuerst Graf, dann Abt, endlich Bischof war, gewählt. Der König[5] von Dacia nahm gegen die Heiden Revalia[6] und hielt es besetzt. Die Pilger erobern Damiata und den Thurm, welcher am Einfluß des Nils errichtet war, am Tage des heiligen Bartholomäus[7]. Saphabinus starb[8].

---

[1] Diese Begebenheit wird, höchst wahrscheinlich nach einem ausführlicheren Exemplar von Alberts Chronik, in den Hamburger Jahrbüchern so erzählt (vergl. Weiland, Forsch. XIII, 166): „Ferner wird die Burg Borde von den Dienstmannen der Bremer Kirche gewonnen, und zwar in folgender Weise. Neben dieser Burg an einem Orte, der Bokele heißt, an dem Fluß Beverna (Bokel an der Otter, Kirchspiel Bevern) wohnte ein sehr einfältiger Bauer, welcher anfing, Kranke mit einigen bäurisch ausgedachten Worten zu segnen. Und zuletzt strömten die Kranken wie Pilger von verschiedenen Seiten zusammen, und fast jeden Tag erhob sich in der Menge Gesang und großes Geschrei, als ob einige von ihren Krankheiten befreit wären, und viele glaubten ihm. Der Herzog Heinrich aber beschützte ihn, und sein Vogt Hinrich von Ostenhusen, und sie hatten ungeheueren Gewinn von den Opfergaben. Inzwischen kamen die Bremer Dienstmannen auf Borde zu, und da man sie fragte, wohin sie zögen, antworteten sie, daß sie aus entfernten Gegenden kämen, um die Schwellen des heiligen Otbert (anderswo Otbern) zu besuchen, dessen Bad, wenn man es trinke, den Kranken wunderbar zur Gesundheit verhilft. Sie steigen zur Burg Vorde hinan, und werfen die Leute des Herzogs hinaus. Der Bauer Otbert flieht nach Stade und so kam er später nach Lubeke, von da nach Riga, wo er starb." W.

[2] Hier war nach Weilands Vermuthung über den Vertrag berichtet, wie in der sächsischen Weltchronik, S. 243 der Ausgabe von Weiland. — [3] Paderborn.

[4] Bernhard II zu Lippe, trat die Regierung 1196 seinem Sohne Hermann ab.

[5] Waldemar II. — [6] Reval.

[7] Am 25. August. — [8] Am 31. August 1218.

1220. Friderich, König von Sicilien, Sohn Kaiser Heinrichs, der 89. von Augustus, wird zu Rom vom Papst Honorius gekrönt. Mehrfach aber verbreitete sich das Gerücht, ebenderselbe Friderich wäre nicht Kaiser Heinrichs wirklicher Sohn gewesen, sondern nur ein sogenannter. Dies soll sich so zugetragen haben. Die Herrin Constantia, die Tochter des Königs von Sicilien, wurde dem Kaiser unter der Bedingung ehelich verbunden, daß, wenn ihr Oheim, welcher das Königreich von Sicilien, Apulien und Calabrien besaß, vor Constantia stürbe, dann das Königreich nach Erbrecht auf Constantia fallen solle. Constantia aber hielt man, als sie den Kaiser heirathete, für eine sechzigjährige[1]. Man befürchtete aber, daß sie unfruchtbar bleiben würde. Daher suchte sich der Kaiser des Rathes der Aerzte zu bedienen, daß sie nach Beseitigung der Unfruchtbarkeit gesegnet werde, damit nicht das Königreich Sicilien ohne Erben bliebe. Und die Aerzte gelobten ihm für solches Vorhaben Hülfe und Rath. Sie ließen aber den Leib derselben allmählich durch Medicin so anschwellen, daß der Kaiser glaubte, sie wäre stark schwanger. In der Zwischenzeit aber sahen sich die Aerzte nach einem Knäbchen um, so daß von verschiedenen schwangeren Frauen, welche zur Zeit der Niederkunft der Constantia gebären sollten, in strengster Heimlichkeit ein Knäbchen entführt und in den Palast zum Bett der Constantia zur Zeit der Niederkunft gebracht werden sollte, wo es so, obwohl anderswo geboren, gleichsam von der Constantia geboren worden und daher der Sohn eines anderen als Sohn des Kaisers und der Kaiserin gelten sollte. Man sagt aber, es sei zweifelhaft, ob jenes Knäblein der Sohn eines Arztes, oder eines Müllers, oder eines Falkenhüters gewesen sei, aber in Wahrheit sagt man, daß er der Sohn eines von diesen dreien gewesen sei[2]. Hinrich, Sohn

---

[1]) Sie war dreißig Jahre alt.
[2]) An einer anderen Stelle, in dem Verzeichnis der Kaiser, urtheilt Albert anders.

des Kaisers Friderich, wird auf Wunsch seines Vaters in
Frankenvorde zum König gewählt.

Nachdem Thiderich, Bischof von Estonien[1], von den Heiden erschlagen[2] war, wird Hermann, Abt von St. Pauli in
Bremen, für das Lealensische Bisthum[3] bestimmt. Horburg
wird zerstört. Der König der Dänen, welcher wiederum nach
Estonien ging, kehrt zurück.

1221. Die Burg Otterenberge[4] wird von dem Erzbischof
von Bremen belagert und genommen[5]. Die Pilger in Damiata begannen nach Charras[6] und Babylon[7] aufzubrechen,
wurden aber durch einen beklagenswerthen Zufall vom Nilflusse
eingeschlossen. Und obwohl sie nun in der Gewalt der Feinde
waren, so wurde dennoch ein Friede auf acht Jahre zwischen
beiden Völkern abgeschlossen. Der Soldan gab das Kreuz des
Herrn freiwillig zurück, erlaubte den Christen, mit ihren Sachen
und Leibern Egypten unversehrt zu verlassen, alle Gefangenen
befahl er zurückzugeben, so daß damals 30000 Gefangene befreit
wurden. Er befahl auch den Reichen Lebensmittel für Geld zu
verkaufen, den Kranken und Armen aber umsonst darzureichen.

1222. Der König der Dänen betritt mit dem Grafen
Albert das Lealensische Land[8], und nachdem die Feinde des
christlichen Namens in die Flucht geschlagen waren, erbaut er
eine Stadt in demselben, welche nicht lange hernach von den
Heiden zerstört wird. Die Kaiserin starb[9].

1223. Der König der Dänen wird in seinem eigenen
Lande[10] von dem Grafen Heinrich von Zwerin[11], dem er, wie

---

[1] Esthland. — [2] 1218. — [3] Dorpat. — [4] Ottersburg bei Otterstadt.
[5] „gewan de bischop van Bremen Otterberge greven Bernarde af van der Welepe.
Sächsische Weltchronik, S. 243. W. — [6] Cairo.
[7] Fostat in der Nähe von Kairo, welches im Mittelalter gewöhnlich Babylon
genannt wird. — [8] D. h. Esthland.
[9] Constantia, Tochter Alfons II von Arragonien, Wittwe Emmerichs von Ungarn;
sie starb am 23. Juni 1222.
[10] Auf der Insel Lyöe bei Fünen. — [11] Schwerin.

berichtet wird, schwere Bedingungen behufs Wiedererlangung seiner Gnade auferlegt hatte, ganz unvermuthet in seinem eigenen Zelte gefangen[1] und in Dannenburch[2] in schwerer Haft gehalten.

1224. Die Estonen fielen vom katholischen Glauben ab, indem sie ein Bündniß mit den Barbaren und Ruthenen schlossen. Aber ein neues Heer von Pilgern nahm Rache an ihnen. Philipp[3], König von Francien, starb, ihm folgte sein Sohn Lodewich[4]. König Heinrich, Sohn des Kaisers, hielt zur Erledigung von Reichsangelegenheiten und besonders zur Befreiung des Königs der Dänen in Barbewich einen Hoftag[5], nachdem er den Erzbischof Engelbert von Colonia mit sich dorthin geführt hatte, aber er richtete nichts aus.

Es kam ein gewisser Mann nach Flandrien, welcher versicherte, daß er der Graf dieser Provinz, Baldewin, wäre, welcher vor wenigen Jahren mit den Pilgern nach Constantinopel gegangen und dort mit der Kaiserkrone gekrönt war. Da dieser dem Graf Baldewin sehr ähnlich war, oder vielmehr weil er selbst es war, nahmen ihn die Flaminger in ihrer Stadt auf, indem sie ihn durch viele Geschenke ehrten. Er hatte Narben am Körper, welche Baldewin gehabt hatte, und ebendieselbe Gestalt des Körpers, nur daß man ihn im Verhältniß zur früheren Gestalt für einen halben Fuß kürzer hielt, was seine Anhänger dem Alter zuschrieben. Die Lage der Dörfer und Städte schien er nicht gut zu kennen, und in der Gallischen Sprache, welche er vorher vortrefflich gekannt hatte, irrte er ein wenig. Kein Wunder, weil er zwischen den Griechen und Saracenen, welche ihn gefangen genommen hatten, wenn er es selbst war, lange verweilend, den Adel des Galli-

---

[1] In der Nacht vom 6. auf den 7. Mai. (Die Bremer Annalen nennen hier den 7. Mai. W.) — [2] Dannenberg.
[3] Philipp II, August, er starb am 14. Juli 1223. — [4] Ludwig VIII.
[5] Am 8. September.

schen Jdioms konnte der Vergessenheit übergeben haben. Aber der Graf Balbewin, Kaiser von Constantinopel, soll, wie von Conrad, Bischof von Halberstab¹, welcher später in den Cistercienserorden eintrat, und einigen anderen, welche damals in Constantinopel gewesen waren, als Balbewin, Kaiser der Griechen, gegen die Saracenen ein Gefecht hatte, versichert wurde, im wahrsten Sinne des Wortes getödtet worden sein². Jener aber berichtete, daß er der Gefahr des Todes entronnen und von den Saracenen hernach gefangen worden sei. Endlich, sagte er, sei er befreit und sei nach seiner Befreiung zum Papst gekommen, um zu bekennen, daß er unter den Ungläubigen nach Weise der Ungläubigen gelebt habe und deshalb habe ihm der Papst eine siebenjährige Buße auferlegt, und er versicherte, daß eben diese Buße nun erfüllt wäre. Er kam zuerst nach Valentia³, und die Gräfin von Flandrien⁴, welche seine Tochter sein mußte, trat dort an ihn heran, und nachdem sie ihn gesehen, zweifelte sie, ob sie ihn als Vater anerkennen sollte oder nicht, und ging von ihm fort. Viele Barone waren für ihn, sehr viele aber waren anderer Ansicht. Endlich ließ der König von Francien, welcher den Mann prüfen wollte, ihn selbst nach Perona⁵ kommen, da es ja sein Oheim sein sollte. Und als er ihn unter anderem fragte, wo er das Zeichen der Ritterschaft empfangen hätte, oder wo er seine Frau heimgeführt hätte, vermochte er nicht, dem Könige Auskunft zu geben. Aber seine Anhänger sagten, daß er aus allzugroßer Angst und Furcht vor dem Tode nicht zu antworten gewußt habe. Da wurde er von allen verlassen. Der Herzog von Brabantien beklagte es. Dieser nämlich war mit ihm gekommen, aber es wurde ihm nicht erlaubt, einzutreten, weil er sicherer als sicher

---

¹) Konrad von Krosigk 1201—1209. — ²) Im J. 1205.
³) Valenciennes, im März. — ⁴) Johanna.
⁵) Peronne. Die Zusammenkunft fand am 30. Mai statt.

behauptete, daß er der Graf Baldewin wäre. Er kehrte wieder nach Valentia zurück, nur von wenigen begleitet. Später kam er nach Colonia zum Erzbischof Engelbert, um Hülfe zu bitten. Aber der Bischof von Leobium[1], welcher die unterscheidenden Merkmale des Menschen kannte, ob er nämlich der Graf wäre oder nicht, hatte ihn hart und öfters in seinen Briefen angefeindet, indem er ihn Landstreicher und Taugenichts[2] nannte. Aber er selbst nannte sich Kaiser von Constantinopel und Graf von Flandrien, und er hatte ein Siegel mit derselben Titulatur versehen.

Er bat daher den Erzbischof, daß er den Lütticher rufen lassen solle. Der Gerufene kam, er feierte die Messe vom Rathe. Vor dem Empfang des Leibes und Blutes des Herrn trat der Erzbischof, von dem Manne angerufen, an ihn heran und sagte so: „Ich beschwöre Dich, Bruder Bischof, beim Geheimniß des Leibes und Blutes Jesu Christi, welches Du jetzt sogleich empfangen wirst, wenn Du die Wahrheit reden wirst zur Seligkeit, wenn die Lüge zur Verdammniß, daß Du mir sagest, wer derjenige sei, von dem Du sagst, er wäre als Landstreicher und Taugenichts nach Flandria gekommen, und welcher sich selbst Graf nennt und Baldewin". Der Bischof stutzig gemacht, antwortete: „Es ist der Graf Baldewin von Flandrien". Da rieth der Erzbischof dem Manne, er solle nach Rom gehen und dem Papste seine Klage vorbringen, indem er ihm zugleich versprach, daß er ihm, wenn er in Frieden zurückkäme, ohne Zweifel helfen würde. Er reist ab, die Zeugnisse vieler Prälaten und Barone Flandriens mit sich nehmend. Aber auf Betreiben der Gräfin und des Arnold von Aldenard[3], mit welchem die Gräfin, wie man sagte, allzugroße Vertrau-

---

[1]) Hugo von Pierrepont.
[2]) Statt truncanum ob. trucannum verbessert Lappenberg mit Recht trutanum. W.
[3]) Gemeint ist Arnulf von Oudenarde.

lichkeit pflegte, werden die Wege überall besetzt, er wird verrathen, gefangen genommen und bei Insula[1], einer Stadt Flandriens, an den Galgen gehängt. Der Abt von St. Johannes in Valentia beerdigte den Todten in seinem Kloster. Aber wiederum ließ ihn die Gräfin an den Galgen hängen. Ob er der Graf von Flandern gewesen ist oder nicht, darüber liegen die Flamen im Kampf und jetzt noch fehlt die Entscheidung[2].

1225. Sehr starke Hungersnoth. Graf Adolf geht mit Hülfe des Erzbischofs Gerard, des Grafen Heinrich von Zwerin und Heinrichs von Werle, eingeladen auch von den Mächtigeren Holtzaciens, über die Albia, und erobert das transalbinische Land. Graf Albert wird von dem Grafen Hinrich von Zwerin im Gefechte[3] gefangen genommen und mit dem Könige der Dänen, seinem Oheime, in Gefangenschaft gehalten. Der Kaiser heirathete die Tochter[4] des Königs Johannes von Jerusalem, und sein Sohn, König Heinrich, die Tochter[5] des Herzogs von Austrien. Der König der Dänen kaufte sich mit 45000 Mark los, ungerechnet die Kleinodien, welche auf ungefähr 3000 Mark geschätzt wurden. Engelbert[6], Erzbischof von Colonia, wird von Friderich, Grafen von Hisenberch, ermordet[7] und der Graf wird wegen der so großen Schandthat nach allgemeinem Spruch der Fürsten von allem Recht bis ins vierte Glied enterbt. Hisenberch wird von Grund aus zerstört. An Stelle des Engelbert wird Conrad, Propst von Bunna, gewählt[8].

---

1) Lille. — 2) Nach Horaz, ars poetica, V. 78.
3) Bei Mölln nach den Hamburger Annalen. W.
4) Isabella, ohne Grund (nach Winkelmann) auch Jolanthe genannt, die Hochzeit fand am 2. November statt.
5) Margarete, Tochter Herzogs Leopold VI, ebenfalls im November.
6) Engelbert I, Graf von Berg. — 7) Am 7. November.
8) Engelberts Nachfolger war Heinrich I von Müllenark; Konrad, Graf von Hochstaben wurde erst 1238 gewählt.

1226. Der König¹ der Franken belagerte mit seinem Bruder Tolosa²; nachdem sein Bruder dort mit fast 6000 Mann von den Ketzern³ getödtet war, entkommt der König durch die Flucht und jenseits des Rodanus⁴ stirbt er. Der König der Dänen überfiel wiederum mit Unterstützung des Fürsten Otto von Lunenburg die Transalbinischen Lande. Graf Friderich von Ysenberg wird zu Colonia außerhalb der Stadt beim heiligen Severin aufs Rad geflochten, von sehr heftiger Reue, wie man sagt, ergriffen. Borewinus, Fürst der Slaven, stirbt, und wird zu Doboran⁵ begraben, er hinterließ vier Söhne seines Sohnes Heinrich, nämlich Johann, Nicolaus, Borewin und Pribizlav. Die Edelen Nordalbingiens riefen Albert von Saxonien zum Herzog aus und übergaben ihm Racisburch und Lubeke⁶.

Der heilige Franciscus pilgerte zum Herrn, in der 14. Indiction, am Sonntage dem 4. October in der Stadt Assisi, wo er geboren war, bei der heiligen Maria von Potiuncula⁷.

1227. Lodewich⁸, Landgraf von Thuringia, stirbt auf seiner überseeischen Pilgerfahrt⁹. Aber die Pilger, welche hinüber gehen, befestigen Caesarea mit Mauern. Herzog Heinrich und Pfalzgraf bei Rhein starb ohne Sohn, und der Erzbischof von Bremen erhielt die Stader Grafschaft¹⁰. Heinrich¹¹, der Sohn des Kaisers, begehrte die Stadt Brunswich deshalb, weil der Kaiser sie von der älteren Tochter genannten Fürstens

---

¹) Ludwig VIII. — ²) Toulouse.
³) Albigenser. — ⁴) Rhone, er starb am 8. November.
⁵) Doberan. Vgl. oben zum Jahre 1164.
⁶) Bei dieser Gelegenheit wurde Heinrich von Schwerin Vasall des Herzogs Albrecht von Sachsen.
⁷) Zusatz am Rande. Die richtige Form ist Portiuncula, ein Kloster bei Assisi.
⁸) Ludwig IV, der Heilige.
⁹) In Otranto am 11. September.
¹⁰) Auf Grund des Vertrages von 1219. — ¹¹) Heinrich VII.

erworben hatte ¹, und der Herzog ² von Bawarien machte deshalb, weil die jüngere Tochter ebendesselben seinen Sohn geheirathet hatte, das Erbrecht geltend, als inzwischen Otto, Herr von Lunenborch, die Thore Brunswichs erbrach und die Uebergabe der Stadt erhielt ³. Der König der Dänen wird von dem Erzbischof von Bremen, dem Herzog Albert von Saxonien, den Grafen Heinrich von Zwerin und Adolf von Scowemborch und dem Heere Slaviens in Burnhovede im Kampf besiegt ⁴. Der König entkommt durch die Flucht, aber der Herr von Lunenburg wird vom Grafen Heinrich gefangen. König Heinrich betritt, um Brunswich zu erhalten, Saxonien mit dem Herzoge von Bawarien, aber er geht ohne Durchführung seines Vorhabens zurück. Otto, Bischof von Trajectum, wird in der Landschaft Threnta vor Colfelde ⁵, als er den Uebermuth der Friesen bändigen wollte, an einem sumpfigen Orte von Landleuten am Tage des heiligen Pantaleon ⁶ an einem Mittwoch getödtet. Ebendort wird der Graf von Getria ⁷ verwundet, und sehr viele, ungefähr 200, alle Ritter oder Söhne von Rittern, werden getödtet. Thiderich, Propst von Daventria ⁸, der Bruder des Bischofs, welcher verwundet war, starb am achten Tage. Der Körper des verstorbenen Bischofs wird unter sehr großer Trauer der Geistlichkeit und des Volkes nach Trajectum gebracht und in der Kirche des heiligen Martin beerdigt. Wilbrand ⁹,

---

¹) Kaiser Friedrich II hatte schon vor 1220 von dem Markgrafen Hermann von Baden das Erbrecht seiner Frau Irmgard, der älteren Tochter des Pfalzgrafen Heinrich, käuflich erworben.
²) Herzog Ludwig I von Baiern, dessen Sohn Otto II die jüngere Tochter Agnes geheirathet hatte, verfocht dessen Ansprüche.
³) Otto von Lüneburg wurde hierbei durch die Markgrafen von Brandenburg, seine Schwäger, unterstützt.
⁴) Bei Bornhövede am 22. Juli 1227. Durch diesen Sieg wurden die Dänen auf Jahrhunderte über die Elbe zurückgeworfen. Die Hamburger Annalen nennen den Tag der heiligen Maria Magdalena. — ⁵) Coevorden.
⁶) Am 29. Juli. — ⁷) Gerhard III von Geldern. — ⁸) Deventer.
⁹) Willebrand, Graf von Oldenburg, Bischof von Paderborn 1225—1227. Am 20. August 1227 zog er in Utrecht ein.

Bischof von Paderburn, wird unter Zustimmung des Papstes an seine Stelle gesetzt. Papst Honorius starb. Ihm folgte Hugo von Hostia, welcher auch Gregor[1] genannt wird. Die Burg Lovenburch[2] wird für die Freilassung des Grafen Albert[3] dem Herzoge Albert zurückgegeben.

1228. Papst Gregor verstrickte den mit dem Kreuze bezeichneten Kaiser Friderich, weil er sich der Fahrt in das heilige Land entzog, mit dem Bannspruch und ließ ihn im ganzen Reich als Gebannten verkündigen. Der Kaiser achtete diesen Spruch gering, ging über das Meer und wurde dort von allen Städten jenes Reiches feierlich aufgenommen. Aber der Patriarch von Jerusalem und die ganze Gemeinde der geistlichen Personen entzog sich diesen Feierlichkeiten. Der Patriarch bannte in seinem Palaste den Kaiser zur selben Stunde. Inzwischen erprobten die Vasallen des Kaisers und die Anhänger des Papstes ihre Kräfte in schwerem Kriegsgetümmel nicht ohne beiderseitigen Verlust in Italien. Es befand sich auf der Seite des Papstes als Capitän König Johannes von Bren[4]. Heinrich, Graf von Zwerin starb, da Otto, Herr von Brunswich, noch nicht entlassen war. Nach Heinrichs Tode gefiel es dem Plane Gunzelins[5], den Herrn von Brunswich, in Hoffnung auf dessen Gunst, freilassen zu wollen, aber der Herzog Albert trat ihm heftig entgegen, bis Hildesaker[6] seiner Herrschaft übergeben wurde. Nach seiner Befreiung aber erduldete er sehr viele Fehden um Brunswich von seinen Ministerialen, da die Bischöfe von Magdeburg[7] und Halverstab[8] die Partei derselben begünstigten, wie man sagt, mit Willen des Kaisers.

---

[1] Gregor IX. — [2] Lauenburg. — [3] Albrecht von Orlamünde.
[4] Brienne, Titularkönig von Jerusalem. Papst Honorius hatte am 27. Januar 1227 den Schwiegervater des Kaisers Friedrich zum Vikar im tuscischen Patrimonium von Rom und ebenso in den Tibergrafschaften ernannt.
[5] Heinrichs Sohn und Nachfolger. — [6] Hitzacker.
[7] Albert I, 1205—1233. — [8] Friedrich II, 1209—123 .

In Livonien sind die Mönche von Dunemunde bei einem plötzlichen Einbruche der Heiden mit fast ihrem gesammten Haushalt mit dem Martyrium gekrönt[1]. Heinrich, Bischof von Raceburg, starb, ihm folgte Lambert, Domherr von Bremen und Hammaburg. Dieser feierte eine Messe an Mariä Himmelfahrtstage[2] und weihete einen Kirchhof ein und starb in ebendemselben Jahre[3]. Ihm folgte Godescalc, Propst derselben Kirche[4]. Nachdem Wilbrand, Bischof von Paderburn, auf den Stuhl von Trajectum erhoben war, wird Bernard, Propst von Embrich[5], zum Bischof von Paderburn gewählt und in Bremen von seinem Bruder, dem Erzbischof, ordinirt[6]. Dieser war ein Sohn des edlen Bernard, Herrn von Lippia, welcher von der Zeit seiner Jugend an in allen Handlungen seiner Herrschaft und Ritterschaft tüchtig sich erwies, so daß er im reiferen Mannesalter, obwohl er schwächlich und gelähmt war, auf einem Tragkorb sich in den Kampf tragen ließ und seine Gegner siegreich überwand. Dieser wollte sein in weltlichen Dingen löbliches Leben noch löblicher in Gott vollenden, und trat daher in Wadenhart[7] in den Cisterzienserorden und wurde ebendaselbst zuerst Abt, ziemlich lange Zeit darauf, als er im Begriff war nach Livonien zu reisen, wird er zum Bischof für die Seloniensischen Völker geweiht[8], um so in dem Weinberge Gottes durch treffliche Predigt treu zu arbeiten. Wunderbare Sache. Otto, Bischof von Trajectum, weihte seinen Vater zum Bischof zu Aldensele[9], und später weihte der Vater mit ebendemselben Sohn Gherard, einen anderen Sohn zum Erzbischof

---

[1] Am 20. August. — [2] Am 15. August.
[3] Am 6. November. — [4] 1229—1235.
[5] Emmerich. — [6] Bernhard IV von der Lippe, 1227—1247.
[7] Marienfeld. Vgl. hierzu Scheffer-Boichorst, Herr Bernhard zur Lippe, in Justini Lippiflorium ed. Laubmann, 1872. W.
[8] Für Seleburg in Semgallen, 1217. W.
[9] Oldensaal in der Provinz Ober-?)ssel.

von Bremen. Und ebenderselbe Gherard ordinirte einen anderen Bruder von ihm, wie wir schon bemerkt haben, in Bremen zum Bischof von Paderburn.

Papst Gregor kam nach Assissi und sprach dort im Anblick einer sehr großen Menge, welche von allen Seiten herbeigeströmt war, den seligen Franciscus heilig, indem er mit lauter Stimme so sprach: „Zum Lobe und zum Ruhme des allmächtigen Gottes, des Vaters, des Sohnes und des heiligen Geistes und der gebenedeieten Jungfrau Maria, der heiligen Apostel Petrus und Paulus, und zur Ehre der Römischen Kirche haben wir den seligsten Vater Franciscus, welchen Gott im Himmel verklärt hat, und den wir auf Erden verehren, nach dem Rathe unserer Brüder und anderer Prälaten dem Verzeichnisse der Heiligen beizufügen beschlossen und das Fest am Tage seines Todes zu feiern". Sofort beginnen die Cardinäle: „Herr Gott, dich loben wir", und die Völker erheben ihre Stimmen zu Lobgesängen. Der Papst stieg von dem Throne herab und erhob mit den Cardinälen den heiligen Körper aus dem Grabe.

Der Erzbischof von Bremen nahm Horburg wieder.

1229. Jerusalem wird von dem Solban freiwillig dem Kaiser überlassen. Diese Stadt betrat er barfüßig in der Ostervigilie, betete im Tempel Gott an und beschleunigte, nachdem er die Uebergabe von Nazareth und Bethlehem mit den übrigen Städten Galiläas erhalten hatte, seine Rückkehr nach Sicilien. Der Papst verließ wegen der Frechheit der den Kaiser begünstigenden Römer die Stadt und zog sich nach Perusium[1] zurück. Zu Parisius[2] entstand zwischen der Geistlichkeit und dem Volk ein sehr großer Streit, und viele Geistliche wurden niedergemetzelt, so daß die Schule nach Andegavia[3] verlegt wurde. Albert, Bischof von Livonien, starb. Und die

---

[1] Perugia. — [2] Paris. — [3] Angers.

Bremer Kirche erwählte in Ausübung ihres Rechtes den Magister Albert[1], den Bremer Scholastikus, zum Bischofe, welcher später Primas in Hibernia[2] wurde. Hernach wurde ebenderselbe Albert, nämlich im Jahre 1246, vom Papst Innocenz IV[3], welcher damals zu Lugbunum[4] einer Stadt Galliens sich aufhielt, als Legat nach Prucia und Livonia geschickt, und im folgenden Jahre erhielt er nach dem Tode des Bischofs Johannes seine Residenz beim Lubeker Stuhl[5] und endlich wurde er Erzbischof von Riga[6]. Aber die Rigaer Domherren wählten einen anderen, nämlich Nicolaus[7], und lange wurde wechselseitig vor den vom apostolischen Stuhle erlangten Richtern[8] gestritten. Endlich[9] legte der Papst den Bremensern Schweigen auf, wie man sagt, nach seinem Belieben.

1230. Der Papst und der Kaiser standen von ihrer Zwietracht ab, nachdem eine freundschaftliche Vereinbarung vor vielen erfolgt war. Der Erzbischof von Bremen, um den Uebermuth der Stedinger zu unterdrücken, greift dieselben mit starkem Heere am Tage der Geburt des Herrn an und daselbst wird sein Bruder Hermann, Herr von Lippia, ein durchaus weiser und angesehener Mann, allein getödtet[10]. Dadurch entstand plötzlich Unordnung und jener ganze Kriegszug zerstreute sich. Bertold von Lubeke starb[11], ihm folgte Johannes, Dekan derselben Kirche[12].

---

[1] Albert Suerbeer.
[2] Irland. Albert wurde 1238 durch den Cardinal-Legaten Otto zum Erzbischof von Armagh, Primas von Irland, erhoben.
[3] Innocenz IV erhob ihn zum obersten Metropoliten über die Kirchen von Preußen, Livland und Esthland.
[4] Lyon. — [5] 1247—1254.
[6] 1254. Im folgenden Jahre wurde Riga Metropole der livländischen Kirche.
[7] Nikolaus, Kanonikus zu Magdeburg, starb 1253.
[8] Wilhelm von Modena, päpstlicher Legat in Preußen und der Cardinal-Diakon Otto. — [9] 1231. Damit war die Livländische Kirche von Bremen losgetrennt.
[10] Am 25. December 1229. — [11] Am 18. April.
[12] Johann I, 1231—1247.

1231. Der Herzog von Bawarien[1] wird auf Veranlassung des Kaisers von einem Meuchelmörder getödtet[2], aber dieser wird, während er zu entfliehen versuchte, niedergestochen. Die Gemahlin[3] des jungen Königs[4] von Dacien, welche vor kurzem von ihm heimgeführt war, starb[5], und er selbst folgte derselben nach wenigen Wochen[6]. Yso, Bischof von Verden, starb[7]; an seine Stelle wird Luderus, Canoniker derselben Kirche, gewählt[8]. Graf Adolf erbaut eine Burg bei Hamburg an der Albia.

1232. Der Erzbischof von Bremen erbaut die Burg Sluttere gegen die Stedinger, aber diese haben sie sofort zerstört[9]. Christoforus, Abt von Stade, starb, ihm folgte Albert, Prior derselben Kirche.

1233. Das Kreuz wird gegen die Stedinger überall auf Veranlassung des Apostolischen Stuhles gepredigt und von vielen genommen. Das östliche Stedingien wird von den Pilgern, nachdem sehr viele von den Stedingern getödtet waren, verwüstet. Borchard, Graf von Aldenburg, wird von den Stedingern mit fast 200 Pilgern zu Boden gestreckt[10] und hinterließ als Erben Heinrich Bogenarius. Der Herr von Brunswich, ein Gegner der Bremenser Kirche, verwüstet inzwischen die Grafschaft Stade. Hermann, Abt von Rosenvelde, starb, ihm folgte Albert, Bruder derselben Kirche. Sehr große Hungersnoth in Livonien, so daß die Menschen sich gegenseitig verzehrten; auch Diebe, vom Galgen herunter genommen, wurden mit großer Gier verspeist.

---

1) Ludwig I aus dem Hause Wittelsbach.
2) Am 15. September. Vgl. Riezler, Gesch. Baierns, Bd. II, S. 59.
3) Eleonora, Tochter des Königs Sancho II von Portugal. Die Hochzeit fand 1229 in Ripen statt. — 4) Waldemar.
5) Am 13. Mai im Wochenbett.
6) Am 28. November an den Folgen einer Fußwunde.
7) Am 5. August. — 8) Lüder von Borg, 1231—1251.
9) Siehe das Jahr 1213. — 10) 1232.

1234. Heinrich[1], Herzog von Brabantien, und Florentius[2], Graf von Holland, welche zu Bremen sich aufhielten, gürteten sich mannhaft gegen die Stebinger, gleichsam als gegen die offenbaren Feinde der Kirche. Denn so wie es von ihnen erwiesen ist und durch die Bischöfe von Minden, Lubeke und Raceburg den Ohren des Papstes hinterbracht wurde[3], achteten sie die Lehre der Mutterkirche ganz gering und traten die Freiheit derselben mit Füßen, indem sie kein Geschlecht noch Alter schonten. Sie erforschten die Orakel der Dämonen, machten Bilder aus Wachs, indem sie auch bei ihrem unsauberen Treiben umherschweifende Wahrsagerinnen um Rath fragten und indem sie auch, was das Schrecklichste ist, die Wegzehrung zum ewigen Leben in scheußlicherer Weise, als es sich auszusprechen ziemen möchte, mißachteten. Auch die Geistlichen und die Mönche lästerten sie in gottloser Weise und quälten dieselben mit jeder Art von Martern. Und es genügte ihnen auch nicht ihr eigener Verderb, sondern sie suchten alle, welche sie erreichen konnten, und besonders die Bauern in den Abgrund ihres Unglaubens hinabzuziehen. So wie Lucifer von dem Strahl des ewigen Lichtes ausgeschlossen, da er bei seinem eitlen Uebermuth unmöglich im Himmel verbleiben konnte, weil er mit dem Schatten ewiger Blindheit geschlagen, verloren und ein Diener des Verderbens geworden und bestrebt ist, damit nicht die Würde des menschlichen Geschlechts der ihm entzogenen ewigen Freuden theilhaftig werde — denn es pflegen ja die Elenden durch das Glück der Guten noch mehr gequält zu werden — jene Würde in die Tiefe des Unglaubens von der Höhe des Glaubens herabzustürzen, um sie

---

[1] Heinrich II.
[2] Florenz IV.
[3] Die folgenden Beschuldigungen stimmen ganz mit dem Inhalt der Bullen Gregors IX überein.

mit sich in den Sumpf seines Elendes zu ziehen, in der Meinung, hierdurch die Last seiner Verdammung zu vermindern, da ja den betrübten Elenden die angenehme Gesellschaft von Elenden einem gewissen Trost zu bringen pflegt. Ebenso vergifteten die elenden und beklagenswerthen Stedinger, indem sie sich Gott vollständig entgegensetzten, durch ihre Ueberredungen und schlechten Beispiele das christliche Volk schwer, so daß eine unermeßlich große Menge von Bauern sowohl in entfernten als benachbarten Gegenden befindlich mit Worten dieselben vertheidigte, und, wenn sich die Gelegenheit geboten hätte, bereiten Geistes dem Trotze derselben Hülfe gebracht haben würde. Aber Gott, der Herr aller Barmherzigkeit, entflammte seine Gläubigen, daß sie sich auf die Predigt des Kreuzes tapfer gürteten zur Ausrottung eines so verworfenen Volkes, indem sie sich jenes Ablasses und jenes Vorrechtes erfreuten, welche den zur Unterstützung des heiligen Landes ausziehenden bewilligt werden. Daher brachen der Erzbischof von Bremen, der erwähnte Herzog und der Graf mit einer nicht geringen Menge von Kreuzfahrern am 26. Juni, einem Sabbath, einmüthig gegen dieselben, als solche, welche die göttliche Geduld mißbrauchten, auf, bereit zu unterliegen, oder dieselben mit ihren nichtswürdigen Werken zur Ehre und zum Ruhme Jesu Christi und seiner Kirche vollständig zu vertilgen. Jene dagegen, gleich als ob sie an den Brüsten wilder Thiere genährt wären, wütheten jetzt noch grausamer, und indem sie ihre Zuversicht auf ihren Asmodet setzten, mißtraueten sie nicht, daß sie dem mächtigen Arme des Herrn Sabaoth und einer so großen Menge Kreuzfahrer widerstehen könnten. Und in ihrer wunderbaren und erstaunenswerthen Hartnäckigkeit verharrend hörten sie auch jetzt nicht auf, die Schlüsselgewalt der Kirche mit ihren abscheulichen Lippen in schimpflicher Weise zu verhöhnen. Boleke von Bardenflete, Tammo von Hunthorpe,

Thedmarus de Aggere[1] und andere sehr schlechte üble Berather derselben, ermahnten dieselben kräftig, Leben und Vaterland zu vertheidigen, indem sie sagten, sie müßten entweder unterliegen oder wie wilde Hunde wüthen. Es überschritten aber inzwischen die Kreuzfahrer den Fluß Ochmunda[2], indem sie eine Brücke von Schiffen herstellten und als sie hinüber waren, ordneten sie vorsorglich ihre Reihen. Die Stedinger, gleichsam rasend geworden und von einer gewissen Tollheit erfaßt, fürchteten nicht die Menge der Kreuzfahrer, nicht die Gewalt des geistlichen und des weltlichen Schwertes, sondern stürzten sich in zwar geordneter Schlachtreihe, aber ungeordneten Geistes, gleich tollen Hunden den Pilgern entgegen. Der Herzog von Brabantien und der Graf von Holland griffen beim ersten Anlaufe jene Verpesteten bei dem Felde Oldenesche[3], wo sie sich versammelt hatten, mannhaft an, aber diese vertheidigten sich mit höchster Kraftanstrengung. Sofort brach der Graf von Clive[4] mit den Seinigen von der Seite über sie her und zerstreute ihre Schlachtreihe. Die Geistlichkeit, welche in der Ferne stand und den Ausgang der Sache erwartete, sang: „Mitten wir im Leben" und andere Klagelieder mit Trauer und betete für den Sieg des Kreuzes. Kein Verzug, jene Thoren und Bösewichter schwanden in ihren Gedanken dahin, weil sie von dem Heere des Herrn unterdrückt wurden, von Lanzen durchbohrt, von Schwertern getroffen, von den Füßen der Pferde zertreten. Und so stark kam die Hand des Herrn über sie, daß in kurzer Zeit 6000 derselben zu Grunde gingen. Die Mehrzahl von ihnen ging, als sie ihr Heil in der Flucht suchten, in einer nahen Grube und in der Wisera zu Grunde. Diejenigen, welche etwa entkamen, wurden in alle vier Winde zerstreut. So wurde ihre Hartnäckigkeit bei ihnen zu einem

---

[1] Bollo von Bardenfleet, Thammo von Hundorp und Detmar vom Diete.
[2] Die Dechte. — [3] Altenesch. — [4] Dietrich V von Cleve.

Fallstrick, zur Wiedervergeltung und zur Schande. Graf Heinrich von Oldenburch fiel ebendaselbst und mit ihm ungefähr neun Pilger. Aber der Graf von Holland kehrte nach Hause zurück und wurde in einem Turnier bei Novimagium [1] getödtet. Der König von Dacia erbaut zur Unterdrückung der Lubeker an dem Fluß Travene [2] zwei Burgen.

1235. Der Kaiser heirathete die Schwester [3] des Königs von Anglien und feierte in der Mitte des August einen Hoftag in Moguntia. Dort entzog er seinem Sohne Heinrich, der sich ihm widersetzte, das Reich und schickte ihn nach Calabrien in Haft. Auf diesem Hoftage gab der Herr von Luneburch sowohl Brunswich als Luneborg und sein gesammtes Erbe dem Reiche auf, und der Kaiser verwandelte die Brunswichische Herrschaft in ein Herzogthum und übergab es dem Herzog [4]. Herzog Otto von Brunswich belagert um das Fest des heiligen Martin Bremen und, nachdem er Schatzungen und Brandstiftungen angestiftet, kehrte er zurück. Die Burg Otterenberche [5] wird dem Herzoge von einigen übergeben, welche dieselbe bei Nacht erobert hatten. Godescalc, Bischof von Raceburg, starb. Ihm folgte Petrus, Propst derselben Kirche [6].

1236. Der Erzbischof von Bremen und der Herzog von Brunswich versöhnten sich, es wurde ein beständiger Friede zwischen Kirche und Herzog versprochen, und dem Herzoge gewisse Lehen dargereicht. Otterenberge und Horborch werden zerstört. Das Kloster in Rosenvelde wird am 28. April ganz

---

[1] Nimwegen. — [2] Trave.
[3] Isabella, Schwester König Heinrichs III; die Heirath fand zu Worms am 15. Juli statt.
[4] Otto das Kind genannt, Enkel Heinrichs des Löwen. Derselbe wurde am 21. August 1235 mit dem Herzogthum belehnt, und damit der Streit zwischen Welfen und Staufen geschlichtet.
[5] Ottersburg. Die Übergabe erfolgte im November, er dagegen versprach das Schloß Harburg zu schleifen.
[6] Petrus starb schon am 29. August desselben Jahres.

Albert von Stade. 1236—1237.

durch Feuersbrunst zerstört. Die selige Elizabeth in Marpurg wurde an den Kalenden des Mai in Gegenwart des Kaisers und vieler Fürsten erhoben. So groß war dort die Menge[1] der Menschen, daß sich niemand erinnert, jemals eine gleiche gesehen zu haben. Darbringung von Gold und Silber ohne Ende[2]. Eine sehr große Niederlage der Pilger in Livonien fand statt um das Fest des Mauritz. Theoricus von Haselitor soll dort gefallen sein[3].

Am folgenden Tage ging der Kaiser nach Wetflaria[4]. Petrus, Bischof von Raceburg, stirbt; an seine Stelle wird Ludolf[5], Kämmerer derselben Kirche, gewählt. In ebendemselben Jahre am Pfingsttage übergab sich die Schwester des Königs von Boemia[6], die Frau Agnes, auf Ermahnung der Minder= brüder dem Orden der armen Frauen von der Regel des heili= gen Franciscus in Prag, nachdem sie um Christi Willen den Kaiser Friderich zurückgewiesen hatte, welcher sie vorher zur Gemahlin begehrt hatte.

1237. Der Papst und der Kaiser waren ein wenig im Streit: denn während der Papst die Lombarden begünstigte, nahm der Kaiser sich vor, dieselben zu unterwerfen. Denn Mediolanum, Vercellis, Mantua, Placentia, Faventinum, Bo= nonia und viele andere Städte Lombardiens waren dem Kaiser widersetzig, Venetia ebenfalls. Die Placentiner hingen zur Mißachtung des Kaisers drei Ritter am 18. Februar auf. Herzog Abel[7] führte die Tochter[8] des Grafen Adolf[9] von

---

[1]) Bei Polack, Landgrafen von Thüringen, S. 196 wird die Zahl der Fremden auf 120000 angegeben.
[2]) Daß dieser Satz hierher gehört, und Oblatio statt Ablatio zu lesen ist, zeigt die hieraus schöpfende Geschichte der Erzbischöfe von Bremen, wie schon Lappenberg bemerkt hat. W.
[3]) Herr Theoderich von Haselthorpe heißt er im Nekrolog der Hamburger Kirche.
[4]) Wetzlar. Die mit Unrecht von Lappenberg geänderte Namensform ist in älterer Zeit die regelmäßige. W. — [5]) Ludolf I, 1236—1250. — [6]) Wenzel.
[7]) Wird später König von Dänemark und am 29. Juni 1252 erschlagen.
[8]) Mathilde, starb 1288. — [9]) Adolf IV.

Scowenborch als Gattin heim am 25. April. Zu diesen Zeiten entzog sich die orientalische Kirche dem apostolischen Stuhl. Man sagt, daß jene Kirche an Zahl und Verdienst die abendländische überträfe. Der Kaiser brach, nachdem er ein Heer gesammelt hatte, nach Lombardia auf, und der Papst kehrte nach Rom zurück und machte Frieden zwischen den Römern. Der Kaiser war dadurch dem Papste verdächtig, weil er sich gegen die Saracenen, denen er sich sowohl im Kriege wie im Frieden unbesorgt anvertrauete, von allzugroßer Hinneigung leiten ließ. Auch mit dem Soldan hatte er große Freundschaft. Was er hierdurch beabsichtigte, weiß niemand. Der Kaiser hatte mit den Mediolanensern einen Zusammenstoß und tödtete mehrere. Brunward, Bischof von Zwerin, starb; ihm folgte Friderich[1], der Sohn des alten Gunzelin[2].

1238. Der Kaiser mattete sich in Italien gegen seine Feinde fast das ganze Jahr hindurch in kriegerischen Unternehmungen ab. Albert, Bruder des Grafen von Glico[3], erwählt zum Propst, wurde zu Magdaburg vor dem Thore der Stadt durch einen Pfeil durchbohrt und starb am 10. März, ohne daß der Propst Bruno, welcher von der anderen Partei erwählt ward, etwas davon wußte. Heinrich, Erzbischof von Colonia, starb; ihm folgte Conrad, Bruder des Grafen von Honsten[4]. Willehelm, Bruder des Grafen von Holland, kam auf einem Turnier ums Leben[5]. Graf Adolf[6] kam mit seiner Gemahlin Heilewiga, Tochter des Sohnes des Bernard, Herrn von Lippia, welcher hernach Abt und Bischof war, nach Livo-

---

[1] Friedrich, Graf von Schwerin, 1237—1240.
[2] Die Hamburger Annalen haben hier noch die Nachricht von der Einweihung der Kirche in Reinfeld. W. — [3] Gleichen.
[4] Konrad, Graf von Hochstaden, Mai 1238 bis 28. Sept. 1261.
[5] Ein Graf Wilhelm von Holland starb am 30. August 1238. Auf dem Turniere zu Nimwegen wurde dagegen Florenz IV durch den Grafen von Clermont getödtet. Siehe zum Jahre 1234.
[6] Adolf heirathete um 1230 Hedwig oder Heilewiga.

nien. Ein Priester in Bremen, mit Namen Marquard, welcher das Haus des Erzbischofs in diebischer Absicht betreten und die dort gefundenen Sachen heimlich entwandt und beim Hinausgehen das Haus angesteckt hatte, wird ergriffen und aufgehängt[1].

1239. Papst Gregor bannte den Kaiser am Gründonnerstag, welcher der 24. März war, mit ausgelöschten Kerzen, indem er so sprach: „Wir excommuniciren und bannen mit der Autorität des Vaters, des Sohnes und des heiligen Geistes, der seligen Apostel Petrus und Paulus und unserer eigenen, Friderich den sogenannten Kaiser, deshalb, weil er gegen die Römische Kirche in der Stadt einen Aufstand erregt hat, wodurch er beabsichtigte, den Oberpriester und die Brüder von ihrem Stuhle zu verdrängen, indem er damit leichtfertig gegen die Privilegien von der Würde und Ehre des apostolischen Stuhles, gegen die Freiheit der Kirche, gegen den Eidschwur handelt, wodurch er der Kirche in dieser Beziehung verpflichtet ist[2]. Desgleichen weil er unsern ehrwürdigen Bruder, den Bischof von Präneste, den Legaten des apostolischen Stuhls, durch einige seiner Getreuen hindern ließ, die Gesandtschaft weiter zu führen, welche wir ihm ins Gebiet der Albigenser zur Stärkung des katholischen Glaubens aufgetragen haben. Desgleichen weil er nicht erlaubt, daß gewisse Kathedralkirchen und andere verwaiste Kirchen im Königreich[3] wieder hergestellt werden, und weil bei dieser Gelegenheit die Freiheit der Kirche in Gefahr schwebt, der Glaube zu Grunde geht, weil niemand da ist, der das Wort Gottes barbietet und niemand, der in Ermangelung eines Hirten die Seelen der Gläubigen lenkt. Ferner weil im König-

---

[1] Zu diesem Jahre haben die Hamburger Jahrbücher zwei Hexameter, welche besagen, daß Abt Albert da, wo das Kraut wächst, als keine strahlende Sterne am Himmel waren, ganz allein drei Eichen pflanzte. W.
[2] Der bei der Kaiserkrönung abgelegte Eid. W.
[3] D. h. in Apulien und Sicilien. W.

reiche Geistliche ergriffen und eingesperrt, geächtet und getödtet werden. Ferner weil im Königreiche die Gott geweihten Kirchen zerstört und entweiht werden. Ferner weil er nicht erlaubt, daß die Kirchen zu Sora wieder hergestellt werden. Ferner weil er den Neffen des Königs von Tunis, welcher um das Sacrament der Taufe zu empfangen nach Rom reiste, gefangen hält und ihm nicht erlaubt zu kommen. Ferner weil er den Petrus Saracenus, einen römischen Bürger, welcher im Auftrage des Königs von Anglien zum apostolischen Stuhl kam, ergriff und im Gefängniß festhält. Ferner weil er die Kirchengüter besetzt hat, indem er dadurch gegen seinen Eid, wodurch er der Kirche verpflichtet ist, leichtfertig handelt. Ferner weil er die Besitzungen gewisser Edelen im Königreiche, welche die Kirche inne hatte, in seine Hände brachte und verwüstete. Ferner weil er gewisse Kathedralkirchen fast aller Güter beraubte. Ferner weil viele Kathedralen und andere Kirchen und Klöster im Königreiche in Folge unbilliger Nachforschung fast aller Güter beraubt sind. Desgleichen weil den Templern und Hospitalitern die ihnen im Königreiche entrissenen beweglichen und unbeweglichen Güter nicht gemäß dem Wortlaut des Friedens vollständig zurückgegeben sind. Desgleichen weil Steuern und Abgaben, entgegen der Friedensbestimmung, von den Kirchen und Klöstern im Königreiche durch ihn erpreßt werden. Desgleichen weil im Königreiche die Prälaten der Kirche und die Aebte der Cistercienser und anderer Orden gezwungen werden, bestimmte Geldsummen monatlich zur Erbauung neuer Burgen zu geben. Desgleichen weil gegen den Wortlaut des Friedens diejenigen, welche der Kirche anhingen, nach Wegnahme aller ihrer Güter gezwungen werden, gleichsam als Verbannte im Auslande zu leben, nachdem ihre Frauen und Kinder gefangen genommen sind. Desgleichen weil er selbst die Rettung des heiligen Landes und die Wiedergewinnung des römischen Kaiserreiches[1] verhindert hat. Alle aber, welche ihm durch den Eid der Treue verpflichtet sind, erklären wir von der Innehaltung des Eides für losgesprochen, indem wir aufs Strengste verbieten, ihm die Treue zu halten, so lange er noch in der Fessel der Excommunikation verstrickt ist. Hinsichtlich der Unterdrückungen aber und anderer Belästigungen des Adels, der Armen, Waisen, Wittwen und anderer im Königreich, in Betreff welcher ebenderselbe Friderich nach den Bestimmungen der Kirche sich zu richten beschworen hat, beabsichtigen wir ihn selbst zu mahnen, und wir werden bei diesem Vorhaben wills Gott so verfahren, wie verfahren werden muß. Ferner für alles und jedes einzelne oben gesagte, hinsichtlich dessen genannter Friderich von uns fleißig und oft erinnert wurde, aber nicht gehorchen wollte, verstricken wir ebendenselben Friderich mit der Fessel der Excommunikation und des Bannes. Schließlich, weil ebenderselbe Friderich hinsichtlich vieler seiner Thaten — da ja auch Glaubwürdige laut erklären, und zwar über den ganzen Erdkreis, daß er hinsichtlich des katholischen Glaubens irrige Anschauungen hege — schwer beschuldigt ist, so werden wir mit Gottes Hülfe zu seiner Zeit und am rechten Orte so verfahren, wie es die Rechtsordnung erfordern wird".

Als der Kaiser von solcher That Kenntniß erhielt, schmerzte es ihn sehr und er schrieb an die Cardinäle: „Friderich, von Gottes Gnaden Kaiser der Römer und allezeit Mehrer des Reiches, König von Jerusalem und Sicilien, allen Cardinälen der heiligen Römischen Kirche, seinen geliebten Freunden, Gruß und Versicherung aufrichtiger Liebe. Da Christus das Haupt der Kirche ist und er in dem Namen des Petrus seine Kirche auf den Fels (petra) gegründet hat, hat er Euch zu Nachfolgern der Apostel eingesetzt, damit, während Petrus für alle dient[2], Ihr, die Ihr als die Leuchten der Kirche auf den

---

[1] D. h. des griechischen. W. — [2] Umschreibung für: Knecht der Knechte Gottes?

Berg, nicht unter den Scheffel gestellt seid, in Wahrheit allen, welche im Hause des Herrn weilen, durch die Wirkung der guten Werke leuchtet, und damit Ihr nicht dahin strebt, Euch dem öffentlichen Gerede der Welt und dem allgemeinen Gewissen der Wahrheit zu entziehen, da Euch in Bezug auf alles einzelne, was der Vorsitzende auf dem Stuhle Petri zu bestimmen oder zu verkündigen beschlossen hat, eine gleichmäßige Betheiligung zugelassen ist, wenn Euch nicht der vorausgeschaute Zustand der kirchlichen Lehre und der aufflammende Eifer, allgemeines Aergerniß zu vermeiden, hinsichtlich der Zukunft zur Vorsicht mahnt. Denn wer sollte sich nicht wundern und stutzen, wenn der allgemeine auf dem Throne sitzende — und o daß ich sagen könnte gerechte — Richter, während doch die Kirche mit der Schaar so vieler ehrwürdiger Väter versehen ist, unüberlegt vorgehen will, oder wenn er durch seine Leidenschaften sich erhitzend beabsichtigt, gegen den Römischen Fürsten, der als Vogt der Kirche wegen der Predigt des Evangeliums eingesetzt ist, aus Hinneigung zu den Longobardischen Rebellen das geistliche Schwert zu ergreifen, wenn man sagen darf, auf nicht rechtmäßige Weise: da im übrigen alles, was[1] von den vorgetragenen Klagen der Kirchen, welche Klageobjecte genannt werden, weil sie wie Arten von der Gattung durch Individuen abgeleitet werden, er uns vorwirft, entweder Abhilfe schon empfangen hat, oder in kürzester Zeit nach wohl überlegter Vorsorge unseres Rathes, wie ja auch der Befehl schon ergangen ist, in schuldiger und gebührender Weise finden wird. Denn siehe! die offenen Briefe der Prälaten[2], welche der apostolische Befehl mit der Mahnung beauftragt hat, gewähren einen deutlichen

---

[1] Die unverständliche Lesart quaerit quid ist nach der schon von Lappenberg aus anderen Exemplaren angeführten Lesung in quidquid zu verbessern und obiciat zu ergänzen, und so sind noch mehrere nothwendige Aenderungen schon von Lappenberg angedeutet. W.

[2] Die hier im Text folgenden Worte dampna passorum sind nur fehlerhafte Wiederholung der gleich darauf an richtiger Stelle stehenden Worte. W.

Beweis, und unser vorhergehender Erlaß über die Berufung der Prälaten, welche Schäden erlitten haben, und über die den Prälaten zu leistende völlige Genugthuung, welche durch ein Schreiben des ehrwürdigen Erzbischofs von Messana unserem hierzu bestimmten Anwalt mitgetheilt ist[1], ist ein leuchtendes Zeugniß für die Wahrheit. Daher empfinden wir es nicht mit Unrecht schmerzlich, wenn der apostolische Vater beabsichtigt, uns so schwer zu beleidigen, daß gegen einen so festen und beständigen Mann eine so schreiende Ungerechtigkeit begangen wird; und wenn wir es auch geduldig ertragen wollten, so giebt es doch die Ungeheuerlichkeit der Sache nicht zu, da ja die Gewaltthat uns zu Wiedervergeltung antreibt, wie sie die Kaiser zu üben pflegen. Aber während wir die Ungeduld des Vorgehenden in Erwägung ziehen und die schwierige Lage des Vertheidigers in das Auge fassen, so würden wir, wenn es erlaubt wäre, von gleichem Standpunkt aus als Privatmann diejenige Rache auszuüben, welche bei dem Manne, durch welchen Aergerniß kommt, oder bei seinen Blutsgenossen eine völlige Ausgleichung herbeiführen könnte, es für erträglicher erachten, daß die versuchte Kränkung unseres Herrschersitzes auf ihn selbst und die Seinigen zurück fiele. Aber da weder er selbst noch die ganze Nachkommenschaft, die deswegen zu leiden haben würde, so bedeutend sind, daß die Spitze des Reiches sich um die Rache an ihnen bemühen müßte, und da das Ansehen des Stuhles und die Anzahl so vieler ehrwürdiger Brüder ihm die Zügel der Tollkühnheit lockert und ihn in seiner angenommenen Hartnäckigkeit zu unterstützen scheint, so ängstigt uns im tiefsten Herzen die Besorgniß, daß es uns nöthig sein wird, während wir beabsichtigen, uns gegen den Verfolger zu vertheidigen, strenger gegen die Widersacher vorzugehen, unbeschadet natürlich in allem der Heiligkeit der Kirche, welche

---

[1] Berichtigt nach den anderen Texten. W.

wir mit heiligem Eifer und schuldiger Ehrerbietung mit Leib
und Seele verehren. Deshalb bitten wir Eure ehrwürdige
Gemeinschaft in eindringlichster Weise, daß Ihr die Erregungen
des Papstes, welche die Welt aus klar in die Augen springen=
den Gründen nicht für berechtigt, sondern für eigenwillig hält,
mit wohl überlegter Bescheidenheit zu fesseln sucht, indem Ihr
für die allgemeine Lage und vorzüglich für die Ruhe der
Geister vor Aergernissen sorget. Denn obwohl wir uns zum
Heile und zur Ehre von Euch allen gern verbunden fühlen,
so werden wir doch nicht gleichmüthig über die Widerwärtig=
keit der Beleidigungen hinwegsehen können, so daß es uns nicht,
wenn wir auch sein Beginnen nicht hindern konnten, erlaubter
Weise so gestattet sein sollte, Beleidigungen, welche wir nicht
ungeschehen zu machen vermögen, durch Beleidigungen zu erwidern.
Gegeben zu Padua".

Nicht weniger forderte der Papst die Erzbischöfe und Bi=
schöfe auf, daß sie den Kaiser für gebannt erklären sollten.
Aber die Bischöfe Theutoniens baten, daß dieses nicht geschähe.
Der Kaiser bekämpfte die Lombarden tapfer, und weiter
vorrückend eroberte er sehr viele Städte des Papstes bis
nach Viterbium[1]. Graf Adolf von Scowenburg trat ein bei
den Minderbrüdern in Hamborg am Tage des Ypolitus[2],
einem Sabbat, mit Hinterlassung von Knaben, Johannes[3],
Gerardus und Luder, denen er als Vormund seinen Schwie=
gersohn Abel, Herzog von Dacien, gab. Dessen Bruder
Ericus[4], König von Dacien, der jüngere, heirathete die
Tochter[5] des Herzogs Albert von Anehalt am Tage des
Dyonisius[6]. An ebendemselben Tage führte Hermann[7], Sohn
der heiligen Elizabeth, Elena heim, die Tochter des Herzogs

---

[1] Viterbo. — [2] Am 13. August.
[3] Johann I, Gerhard I und Luder, dieser wurde Mönch.
[4] Erich IV. — [5] Jutta.
[6] Am 9. October. — [7] Hermann II, 1227—1242.

Otto von Brunswich. Die Kirche in Selcinge[1] wurde vom
Blitz getroffen und brannte aus von der Spitze bis auf die
unteren Theile. Fridrich, Bischof von Zwerin, starb; an seine
Stelle wird Thiderich[2], Propst ebenderselben Kirche, am Tage
des Eustachius vorgeschlagen.

1240. Der Papst forderte die Erzbischöfe und Bischöfe
auf zur Verkündigung der Excommunikation des Kaisers, aber
er hatte außer in Francien und Dacien wenig Erfolg. Die
Erzbischöfe und Bischöfe schrieben dem Papst wieder, ihn
bittend, er solle, um ein Aergerniß der Kirche zu vermeiden,
an einen Frieden zwischen sich und dem Kaiserthum denken.
Aber der Papst suchte dem Kaiser alle nur möglichen Gegner
zu erwecken, indem er das Kreuz gegen alle predigen ließ,
welche den apostolischen Stuhl anfeindeten.

Der Zweriner Propst, welcher dort zum Bischof vorgeschlagen war, sandte den Magister Elger von Hamburg und
Sibodo von Zwerin, Domherren, an den römischen Hof, und
diese kehrten von dem Papste mit diesem Briefe zurück. „Gregor
Bischof, Knecht der Knechte Gottes, den ehrwürdigen Brüdern,
dem Erzbischofe und dem Bischof von Verden, Gruß und
apostolischen Segen. Von Seiten unserer geliebten Söhne, des
Dekans und des Capitels zu Zwerin ist vor uns berichtet, daß
sie, als ebendieselbe Kirche des Trostes ihres bischöflichen Hirten beraubt war, sich an einem Orte versammelten, um über
die Einsetzung des künftigen Oberhirten zu verhandeln, und daß
gleichsam durch göttliche Eingebung alle mit einmüthigem Verlangen und einträchtigem Willen ihre Wünsche auf unseren geliebten Sohn, Propst derselben Kirche, gerichtet haben, einen
Mann, wie sie versichern, mit Wissenschaft begabt, in der kirchlichen Zucht wohl unterrichtet und hervorragend durch die Ehr-
barkeit seiner Sitten, durch dessen Eifer sich besagte Kirche, die

---

[1] Selsingen im Amte Zeven. — [2] 1240—1247.

in der Mitte eines schlechten und verkehrten Volkes gelegen ist, wie man glaube, von den Drangsalen und Nöthen wieder erholen könnte, indem die Stimmen sowohl der Geistlichkeit als des Volkes sich auf ebendenselben vereinigten. Aber da man erkannte, daß an seiner Geburt ein Makel hafte, indem er von einem ehelosen Ritter mit einer ehelosen Mutter erzeugt war, so schritten sie nicht zu seiner Wahl, sondern nahmen vielmehr zu uns ihre Zuflucht, und baten uns demüthig, sowohl schriftlich als auch durch unsere geliebten Söhne, die Domherrn Magister Elger von Hamburg und Sibobo von Zwerin, ihre Abgesandten, umsichtige und verständige Leute, welche bei uns die Bestätigung des Erwählten emsig betrieben haben, daß wir in Erwägung des Nutzens und der Noth der obenerwähnten Kirche dem besagten Mangel abhelfen und ihnen denselben als Vater und Hirten ihrer Seelen bewilligen möchten, nachdem Eure und so vieler anderen sowohl Prälaten als Capitel und Edelen Briefe uns zugestellt sind, welche ihn hinsichtlich der vorhin erwähnten Eigenschaften als vielfältig empfohlen erscheinen lassen. Indem wir daher Eurer Umsicht volles Vertrauen im Herren entgegen bringen, befehlen wir Eurer Brüderlichkeit durch dieses apostolische Schreiben, daß Ihr hinsichtlich der Art und Weise des Vorschlages, der Bemühungen der Vorschlagenden und der Verdienste des Vorgeschlagenen die Wahrheit sorgfältig erforschet, und wenn Ihr anders findet, daß die Vorschlagshandlung selbst ordnungsmäßig inbezug auf eine geeignete Person vor sich gegangen, daß Ihr ihm aus apostolischer Vollmacht hinsichtlich dieses Mangels Dispens ertheilet, ihn ebenderselben Kirche zum Bischof und Hirten vorsetzet und ihm von den Untergebenen der Zweriner Kirche Gehorsam und schuldige Ehrerbietung geloben lasset, indem Ihr die etwaigen Widerstrebenden und Widersacher durch die kirchliche Censur ohne Zulassung einer Berufung bändiget.

Im anderen Falle lasset für die genannte Kirche durch canonische Wahl einen tauglichen Mann wählen. Gegeben im Lateran den 20. Mai im vierzehnten Jahre unseres Papstthums".

Der Erzbischof von Bremen und der Bischof von Verden kommen nach Empfang dieses Schreibens in der Behausung der Minderbrüder in Stabium, nachdem hierzu der Bischof von Lubeke, Johannes, entboten war, zusammen, und dort wird der Propst an einem und demselben Tage, nämlich am 29. Juli, echtgeboren erklärt, geprüft, bestätigt und zum Bischof geweiht. Abt Albert von Stabium begab sich unter die Minderbrüder in Stabium am 20. August, an einem Montage. Ihm folgte Thiberich, Mönch von Rarstede [1]. Abt Albert nämlich erwog öfters in der Regel des seligen Benedictus, welche er bekannt hatte, dieselbe Stelle, an der gesagt wird, daß derjenige, welcher dieselbe zu befolgen gehalten ist und sie nicht befolgt hat, wissen solle, er sei von Gott verdammt, welchen er verspottet. Er hatte sich zum römischen Stuhl begeben im elften Jahre des Papstes Gregor, nämlich im Jahre des Herrn 1236, den Papst bittend, er möge diesen Ort in eine Niederlassung des Cistercienserordens verwandeln, damit so die dort lebenden Brüder unter der Beobachtung der heiligen Regel den jüngsten Tag und die Ankunft des gestrengen Richters ohne die schwerste Gefahr für das Heil ihrer Seelen erwarten könnten. Der Papst erhörte seine Bitte und gab ihm solchen Brief: „Gregorius Bischof, Knecht der Knechte Gottes, dem ehrwürdigen Bruder, Erzbischof von Bremen, und unseren geliebten Söhnen, dem Dekan und Johannes von Beversat, Domherren zu Bremen, Gruß und apostolischen Segen. Die Wünsche der Frommen, an denen sich die Frucht des ewigen Lebens erkennen läßt,

---

[1] Rastede im Oldenburgischen.

müssen wir mit um so bereitwilligerem Eifer zum Ziel zu führen suchen, als uns zur Ausführung solcher Dinge eine ganz besondere Sorgfalt innewohnen muß. Daher kommt es, daß wir, da das Kloster der heiligen Maria in Stabium vom Orden des heiligen Benedict in der Bremer Diöcese, wie wir erfahren haben, in Folge der Sünden soweit gekommen ist, daß ebendaselbst in augenscheinlicher Weise das Heil der Seelen nicht ohne Beleidigung des göttlichen Namens vernachlässigt wird, auf Bitten des Abtes desselben Klosters heilsame Abhülfe zu treffen wünschen, und wir befehlen daher Eurem Scharfsinn durch dieses apostolische Schreiben, daß Ihr dasselbe, wenn es sich durch seine eigene Ordensregel in heilsamer Weise nicht reformiren läßt, Gott vor Augen habend, durch den Cistercienserorden zu reformiren Sorge traget, indem Ihr diejenigen von den Mönchen, welche vielleicht die Gnade dieser Besserung zurückweisen und das Cistercienser gewand anzulegen sich weigern, in andere Niederlassungen ihres Ordens bringt, und die Widersacher durch die kirchliche Censur ohne Zulassung einer Berufung bändigt. Wenn Ihr nicht alle bei der Ausführung zugegen sein könnt, so wirst Du, Bruder Erzbischof, mit einem von denselben dies ausführen. Gegeben zu Viterbium am 6. Mai im 11. Jahre unseres Papstthums."

An dieser Sache betheiligte sich der Erzbischof von Anfang an, und der Abt begab sich an den römischen Hof nach seinem Willen und Gutheißen; auch versprach er ihm zur Durchführung ebenderselben Sache seinen treuen Rath und feste Hülfe. Daher berief er am Tage der Maria Magdalena[1] den Abt und ganzen Convent nach seiner Capelle in Stabium mit seinem Gehülfen in dieser Angelegenheit, Gernandus, Dekan am Dome in Bremen, und zeigte ihnen das päpstliche Schreiben, indem er dies hinzufügte: sie sollten sich bestreben, in ihrem Orden

---

1) Am 22. Juli.

sich zu reformiren, sonst würde er gegen sie den apostolischen Befehl ausführen. Zwei von den Minderbrüdern, nämlich Bruder Eilbert von Danneberch und Bruder Heinrich von Halverstab, und Johannes, Mönch von Rarstede, welcher sich auch später unter die Minderbrüder begab, wohnten dieser Handlung bei. Der Abt wartete die Vollendung dieser Durchführung von diesem Tage an mehr als drei Jahre lang ab, und indem er öfters den Erzbischof mahnend erinnert und sehr oft den Dekan, sieht er, daß nichts gebessert wird, sondern daß vielmehr Aufregung entstand und Gefahr für die Seelen; er stand daher von seiner Vorstellung ab und verzweifelte daran, daß sein Vorsatz durchgeführt werden könnte. So wurde also dieses Geschäft ohne Ergebnis beendigt. Der Abt aber erkennend, daß er ohne Erfolg sich abgemüht habe, trat zur obengemeldeten Zeit, nämlich im Jahre der Gnade 1240, bei den Minderbrüdern ein. Wenn aber in dem genannten Kloster nach dem Worte des Herrn Papstes nicht ohne Beleidigung des göttlichen Namens das Heil der Seelen vernachlässigt wird, so mögen diejenigen, welche vom apostolischen Stuhle den Auftrag zu dieser Reformation empfingen, sehen, was sie am Tage des Gerichts dem Schöpfer antworten mögen.

Papst Gregor forderte aus Furcht vor den Übergriffen des Kaisers gegen die Kirche die Fürsten zur Wahl eines anderen auf, aber er hatte keinen Erfolg, weil einige Fürsten ihm wieder schrieben: „Es sei nicht seine Rechtsbefugnis, einen neuen Kaiser einzusetzen, sondern nur den von den Fürsten gewählten zu krönen." Denn die Wahl steht, wie bekannt ist, bei ihnen. Nach der Vorberathung der Fürsten und mit deren Zustimmung wählen den Kaiser der Trierer, Mainzer und Cölner. Der Trierer nämlich, obwohl er nicht zu Alemannien gehört, wählt auf Grund des Alters der Stadt: weil ebendieselbe Stadt vom Sohne des Ninus, welchen Semiramis, seine Stiefmutter, von ihm Ungebührliches verlangend, aus Babylon vertrieb, während der Patriarch Abraham drei Jahre alt war, erbaut wurde, und auch von der Zeit des Apostels Petrus ab im katholischen Glauben gefestigt ist. Der Pfalzgraf wählt, weil er Truchseß, der Herzog von Saxonia, weil er Marschall, und der Markgraf von Brandenburg, weil er Kämmerer ist. Der König von Bocmia, welcher Schenk ist, wählt nicht, weil er kein Teutone ist[1].

In ebendemselben Jahre begannen schreckliche Gerüchte von barbarischen Völkern, welche Tartaren genannt werden, sich mehr und mehr zu verbreiten, welche in ungezählter Menge und mit starkem Arm Rucia, Polonia und sehr viele andere Reiche durchziehend keinen verschonten, sondern alle, welche sie erreichen konnten, jedweden Bekenntnisses, Geschlechtes und Alters mit sehr großer Grausamkeit tödteten. Aufs unverhoffteste kamen sie nach Ungarien und nachdem eine sehr große Niedermetzelung von Menschen stattgefunden hatte, vertrieben sie den König[2], dessen Bruder[3] in der Schlacht[4] getödtet war, aus seinem Reiche nach Gräcien.

1241. Der Kaiser besetzte alle Wege nach Rom mit seinen Anhängern; diejenigen aber, die zur römischen Curie gingen, hielt er, wenn sie ergriffen wurden, öfters fest und richtete sie übel zu. Den Gesandten in Anglia, Otto[5], und den in Francia, den Bischof von Präneste[6], seinem Gelübde nach Cistercienser, welche von Janua[7] über das Meer nach Rom zurückkehren wollten, nahm er mit unendlich vielem Gelde gefangen und mit sehr glücklichem Erfolge fing er ungefähr 4000 Januenser

---

[1]) Vgl. Maurenbrecher a. a. O. S. 233.
[2]) Bela IV. — [3]) Koloman.
[4]) Am 12. März 1241 auf der Heide von Mohi am Sajo Fluß.
[5]) Cardinaldiakon von S. Nicolaus in carcere Tulliano, seit 1237 als päpstlicher Legat in England.
[6]) Jakob, Cardinalbischof von Präneste seit 1239 als päpstlicher Legat in Frankreich. — [7]) Genua.

und verſenkte drei Galeeren bei dieſem Zuſammentreffen[1] mit
Beſatzung und Belaſtung. Er fing zweiundzwanzig Galeeren,
ſehr viele Prälaten und unzählige Geiſtliche, ebenſo Geſandte
mehr als hundert. Die Tartaren erfüllten mit ſo großer Furcht die Herzen
der Menſchen, daß die Menſchen in verſchiedenen Orten und
Provinzen auf Veranlaſſung der Biſchöfe das Zeichen des
Kreuzes gegen ſie annahmen. Endlich bewilligte der Papſt
auf Anbringen des Königs von Ungarien, des Herzogs[2] von
Auſtrien und des Herrn von Carintien[3] gegen ſie den für das
Land von Jeruſalem gegebenen Ablaß. Der König von
Dacia, Waldemar, ſtarb am Grünndonnerstage, nämlich am
28. März. Ihm folgte Erich, ſein Sohn. Papſt Gregor ſtarb
am 21. Auguſt und zwei wurden gewählt, nämlich Romanus
von Porto und Godefrid von Sabina[4]. Beide traten zurück
und wiederum erwählten die Cardinäle einen, aber nicht aus
ihrem Collegium. Aber als die Römer fragten, wer es wäre,
wollten ſie ſeinen Namen nicht nennen. Abel, Herzog von
Jutien, entſagte in Hamborch der Vormundſchaft über die
Knaben des Bruders Adolf, deſſen Tochter, mit Namen Mathilde, welche hernach den Herzog von Suecia[5] heirathete, er
zur Frau hatte, an dem Tage Willehabs[6], in Gegenwart des
Erzbiſchofs Gerard von Bremen, welcher ſich damals auch beſonders dafür verwandte, daß Herzog Abel den Grafen Gunzelin von Zwerin wieder in ſeine Gunſt aufnehme, deſſen Tod-
feind er früher geweſen war, weil ſein Vater den König gefangen genommen hatte. Aber ebenderſelbe Gunzelin vergaß
dieſe ihm erwieſene Gunſt des Herzogs in ſchmählicher Weiſe,
weil er ſich ſpäter nicht ſcheute mit dem König von Dacien,

---

[1] Am 3. Mai ſüdöſtlich von Elba zwiſchen den Inſeln Monte Chriſto und Giglio.
[2] Friedrich der Streitbare. — [3] Bernhard von Kärnthen.
[4] Coeleſtin IV. — [5] 1261 Birger Jarl. — [6] Am 8. Nov.

welcher den Herzog in gottloser Weise unterdrücken wollte, denselben Herzog und dessen Schwiegervater Johannes, Grafen von Holtzatia, soviel er konnte, zu bekämpfen. Graf Johannes, Sohn des Bruders Adolf, wurde am 10. November in Hamborch unter sehr großem Frohlocken der Geistlichkeit und des Volkes empfangen; ihm wurde auch zu ebenderselben Zeit die Tochter des Herzogs von Saxonien[1], welche noch sehr jung war, zur Gemahlin versprochen.

Eine Sonnenfinsterniß in der Octave des Michahel, nämlich am 6. October, am Sonntage kurz nach Mittag, so daß die Sterne erschienen und die Sonne sich vollständig unsern Blicken entzogen hatte. Und so groß war die Klarheit des Himmels, daß keine Wolke sich in der Luft zeigte. Papst Celestin folgte auf Gregor, vorher Jufrid genannt, und saß vierzehn Tage.

1242. Und während zweier Jahre war der päpstliche Stuhl unbesetzt, da die Cardinäle unter sich uneinig waren und einige Rom nicht zu betreten wagten. Daher kam es, daß sie sich gegenseitig öfter zur Wahl beriefen, und daß sie auch selbst sowohl unter sich als auch von anderen viele Widersprüche und Ungebührlichkeiten ertrugen.

1243. Der Kaiser ruhte nicht in seinem Vorhaben, sondern warb für seine Partei alle, welche er konnte; und sehr viele standen zu ihm, sehr viele auch gegen ihn aus verschiedenen Ansichten, sodaß einige ihn nicht nur einen Gebannten, sondern auch einen Ketzer nannten. In ebendemselben Jahre schickte Vederich, Graf in Veltiz[2], dem Abt von St. Maria in Stadium, Thiderich, seiner Kirche und seinem Convente herrliche Reliquien, nämlich Blut Jesu Christi, in einem kleinen kristallenen Gefäß, welches der Herr Abt auf zwei Kristalle, in

---

[1] Elisabeth, Tochter Albrechts I.
[2] Belzig.

denen sein Vorgänger mehrere Reliquien vorher aufgestellt hatte, in ehrenvoller Weise stellte, indem er dort ein kleines Kreuz anhing, in welchem Holz des Herrn befindlich ist. In einem anderen kleinen kristallenen, aber genügend großen Gefäß etwas von der Dornenkrone des Herrn, von dem Nagel, womit der Herr ans Kreuz gefestigt wurde, von der Geißel des Herrn, von der Milch der seligen Jungfrau. In einer Tafel von der Größe einer Handfläche herrliche fünfzehn Stückchen des Apostels Andreas, Johannes des Täufers, des Apostels Paulus, von dem Grabe des Herrn, von dem Gürtel der heiligen Jungfrau Maria, desgleichen von ihrem Grabe, des ersten Blutzeugen Stephan, des Apostels Thomas, des Märtyrers Georgius, Pantaleons, der Jungfrau Margareta, des Bischofs und Märtyrers Blasius, Martha der Wirthin des Herrn, des Propheten Daniel, des Märtyrers Bachus. Und ebendasselbe Behältnis ist auf der Seite der darin unbedeckt befestigten Reliquien von Gold und auf der anderen von Silber. Gleichfalls unter einem kreisrunden Kristall und in vergoldetem Silber und mit vier kostbaren Steinen besetzt, Stücke vom Kreuz des Herrn, vom Haar der seligen Jungfrau, vom Haar des seligen Evangelisten Johannes, vom Haupte Johannes des Täufers, des ersten Blutzeugen Stephan und der Maria Magdalena. Es sandte aber vorgenannter Graf diese Reliquien unter dem Zeugnisse Rudchers, Bischofs von Brandenburg, und H. Abts von Sichem, und auch unter dem Zeugnisse seines Schreibens, in welchem er versicherte, daß er dieselben von dem Bischof von Caph, welches einst Joppen genannt wurde, unter großen Anstrengungen und mit vielen Bitten erlangt und mit sich aus den überseeischen Ländern gebracht habe; und er schickte dieselben durch den Mönch Otto von Bederkesa, welcher auch, wie bekannt ist, diese ganze Angelegenheit von Anfang an gefördert hat. Aber diese ruhmwürdigsten Reliquien wurden an Mariä Himmelfahrt unter großem Jubel der Geistlichkeit und des Volkes in Stabium eingeholt.

1244. Senobaldus ward zum Papst gewählt und Innocenz genannt.[1] Bruder Adolf, weiland Graf von Holtzatia, begab sich zum apostolischen Stuhl behufs Erlangung der Dispensation,[2] weil er die Weihen mit heißestem Verlangen ersehnte, und bei seiner Rückkehr brachte er den ihm reichlich ertheilten Dispens mit folgendem Schreiben mit:

„Allen denjenigen, welche gegenwärtiges Schreiben sehen werden, Bruder Reynard und Bruder Gherard, Pönitentiarier des Herrn Papstes, Gruß im Herrn. Wisset, daß wir nach Anhörung der Beichte des Bruders Adolf, aus dem Orden der Minderbrüder, des Trägers dieses, demselben in allen Punkten, welche er vor den apostolischen Stuhl bringen zu müssen geglaubt hat, und in ähnlichen und geringfügigeren, wenn er sie vergessen hat, auf besondern Befehl unseres ehrwürdigen Vaters Otto, Cardinalbiacons des heiligen Nicolaus im Tullianischen Gefängnis, welchem der Herr Papst hier vollständige Gewalt gegeben hat, die Wohlthat der Absolution ertheilt und ihm Dispensation gegeben haben, auf daß er zu allen heiligen Graben zugelassen werden könne, nachdem ihm eine heilsame Buße auferlegt war. Gegeben im Lateran am 22. April, im ersten Jahre des Papstthums des Herrn Innocenz IV."

Und ebenderselbe Bruder Adolf, welcher als Subbiacon zurückkehrte,[3] wurde vom Bischof Johannes, dem Magister des Predigerordens, zum Diacon, und von Johannes, Bischof von Lubeke, während der Adventszeit am 20. December zum Presbyter geweiht; er feierte auch am Sonntage, wo man Omnis

---

[1] Innocenz IV wurde am 25. Juni 1243 gewählt.
[2] Als ein Mann, der Blut im Kriege vergossen, bedurfte er der päpstlichen Dispensation zur Erlangung der geistlichen Würden.
[3] Der Papst selbst hatte ihn mit eigener Hand zum Subbiakonus geweiht.

terra singt,[1] die erste Messe in Zwentina, einem sehr einsamen und als Eremitensitz der Minderbrüder benutzten Ort, und in Hamborch, wo er Graf gewesen war, feierte er in den 40 Tagen am Tage des heiligen Gregor[2] bei den Minderbrüdern.[3]

1245. Der Papst kam nach Lugdunum in Burgundia, welches der erste Sitz in Gallien ist, feierte daselbst nach dem Feste des heiligen Johannis des Täufers ein Concil[4] und verlangte den fünften Theil der Einkünfte von den Kirchen. Der Kaiser sandte für sich Boten, unter denen sich ein gewisser Thabeus,[5] ein Rechtsgelehrter, befand, welcher für ihn in so gewandter Weise sprach, daß er sich das Gehör und die Gunst vieler erwarb. Nichtsdestoweniger bannte aber der Papst an dem Tage des Jacobus, am Dienstage, welcher der dritte Tag des Concils[6] war, den Kaiser. Der Papst sandte durch ganz Deutschland den geistlichen Fürsten einen Trauerbrief, worin er weinend beklagte, daß von einem gewissen Saracenischen Volke, welches er das Volk der Choresminen[7] nannte, das Grab des Herrn stark beschädigt sei, so daß sehr viele, ja fast alle, welche diesen Brief hörten, zur Erkenntnis kamen, daß das verehrungswürdige Grabmal des Herrn von Grund aus zerstört und vernichtet und der heilige Platz schon dem Erdboden gleich gemacht worden sei. Und er befahl in ebendemselben Briefe die Gläubigen aufzufordern, daß sie sich mit dem Zeichen des Kreuzes gegen dieselben schmücken sollten. Mehrere Bischöfe Teutoniens gingen nicht zum Concil. Es sagten auch einige, daß zu ebenderselben Zeit von den Saracenen in der heiligen Stadt 11 000 Menschen getödtet sein, und im Tempel und beim

---

[1] Am 15. Jan. 1245. — [2] 12. März.
[3] In der von ihm erbauten Maria-Magdalenen-Kirche.
[4] Es begann am 28. Juni. — [5] Magister Thabbäus von Suessa.
[6] Die dritte Sitzung fand am 17. Juli statt.
[7] Der türkische Stamm der Chowaresmier war durch die Tataren verdrängt und seit 1236 in Mesopotamien aufgetreten.

Grabe des Herrn 6000. Um die Himmelfahrtszeit des Herrn erhob sich gegen Mittag, gleichsam im Steinbock, ein Stern, ähnlich dem Morgenstern, groß, strahlend, aber roth, und wie ein Planet hatte er zu gewissen Tagen einen bestimmten Aufgang und Untergang, und weil er roth war, so glaubten sehr viele, es wäre der Mars. Jupiter war es nicht, weil er ungefähr fünf Jahre hindurch deutlich sichtbar jetzt in der Nähe der Jungfrau schweifte. Viele sagten auch, daß von ihnen, obwohl sie sich einer ständigen Beobachtung der Sterne hingegeben hätten, niemals, soweit sie sich erinnerten, ein Stern so gesehen worden sei. Eine Sonnenfinsterniß am Tage des Jacobus, in der ersten Stunde, am Dienstag, am 27. Mondtag, und der nächste Vollmond verschob sich so sehr, daß er auf den 12. Mondtag fiel. Aber der schon genannte Stern wurde nach dem Tage des Jacobus ferner nicht mehr so leuchtend gesehen, sondern verlor von Tag zu Tage sowohl seine Größe als seine Klarheit. Der Propst von Buchestehube Olricus hatte einen gewissen Diener Geverharbus, welcher, so oft er wollte, in den Strudel des Flusses Eschede, so daß er nicht gesehen wurde, hinabstieg und nach langer Stunde zurückkehrend große Fische, fast drei Hände groß, in jeder Hand einen und im Munde einen dritten mit sich brachte. Und oft aus dem Badezimmer herausgehend sprang er ins Wasser und brachte seinem Herrn Fische in die Stube zurück. Um das Michahelisfest sahen einige in tiefer Nacht gegen Morgen ein sehr helles Licht, ähnlich der Sonne, emporsteigen und zuletzt in der Luft erbleichen, nachdem es sich in rothe Farbe unter Annahme von Menschengestalten geändert hatte. Der Papst erneuerte auf dem schon genannten Concile, nemlich an dem Tage des Jacobus, gegen den Kaiser den Bannspruch, setzte ihn auf Grund eigener Machtvollkommenheit von dem Gipfel des Kaiserthums ab und verkündete diese Absetzung in der ganzen Christenheit, indem er unter Androhung der Excommunikation befahl, daß niemand ihn ferner Kaiser nennen solle. Als dieser Spruch durch die Welt flog, widersprachen einige Fürsten mit vielen andern, indem sie sagten: „Dem Papste stehe es nicht zu, ihnen einen Kaiser weder zu setzen noch abzusetzen, sondern den von den Fürsten erwählten zu krönen." Inzwischen ließ der Papst diejenigen Fürsten, welche er zur Regierung des Reichs für tauglich hielt, auffordern, daß einer derselben die Last und die Mühe der Herrschaft übernehmen sollte, indem er demjenigen, welcher immer das Reich übernehme, zugleich Rath, Hülfe und Gunst versprach. Endlich nahm Landgraf Heinrich, mit dem Beinamen Raspe, durch viele Bitten besiegt, die Herrschaft an.

1246. Heinrich, Landgraf von Thuringien, wird bei Herbipolis[1] am Himmelfahrtstage des Herrn von dem Mainzer, Cölner und gewissen anderen Fürsten zum Könige gewählt. Und plötzlich wird von dem Mainzer das Kreuz gegen alle Ungläubigen feierlich geprebigt[2] und die ganze Versammlung der Fürsten und Vornehmen wird mit dem Zeichen des Kreuzes geschmückt. Der neue König setzte einen Hoftag in Frankenevorde für das nächste Fest des Jacobus fest, und da ebendaselbst König Conrad ihm mit mehreren begegnete, wurde dieser in die Flucht geschlagen und viele seiner Hauptleute und Edelen gefangen genommen[3]. Inzwischen begannen alle diejenigen, welche zu solchen Dingen keine rechte Neigung hatten, ebendenselben Landgrafen „Pfaffenkönig" zu nennen. Der Papst forderte auch alle Fürsten Alemanniens durch Legaten auf, Friderich zu verlassen, ihn für einen offenbaren Feind der Kirche zu halten und Heinrich, gleichsam dem Sohne des Gehorsams,

---

1) Am 22. Mai wurde er zu Veitshochheim bei Würzburg gewählt.
2) Am 11. Juli.
3) Am 5. August durch Verrath. Siehe Schirrmacher, Kaiser Friedrich II, Bd. IV, S. 211.

anzuhängen. Auch an den Soldan[1] sandte der Papst Gesandte in der Absicht, ihn von der vertrauten Freundschaft mit Friderich, dem einstigen Kaiser, abzuziehen. Und der Soldan nahm das Schreiben gütig an und schrieb ihm in griechischer Sprache zurück:

„Der eigenen Person des Papstes, des Edelen, des Großen, des Geistlichen, des Liebevollen, des dreizehnten der Apostel, des allgemeinen Sprechers der Christen, welcher die Anbeter des Kreuzes aufrecht hält, des Richters des christlichen Volkes, des Leiters der Söhne der Taufe, des obersten Priesters der Christen — möge Gott ihn erhalten und ihm Glück verleihen — von dem mächtigsten Soldan, herrschend auf den Nacken der Völker, haltend die zwei Kräfte des Schwertes und der Feder, im Besitze der zwei hervorragendsten Dinge, nämlich der Gelehrsamkeit und der Urtheilskraft, dem Könige zweier Meere, dem Bezwinger des Morgenlandes und des Nordlandes, dem Könige der Lande Egypten, Syrien, Mesopotamien, Medien, Ydumea und Ophir, dem Könige von Fabeth, Belseth, Ayob, dem Sohne des Soldans Chamel Helesmenaphat Mechimet, des Sohnes des Soldans Königs Holdal Jobezir, des Sohnes des ersten Aiob, dessen Reich Gott liebt. Im Namen des barmherzigen und mitleidigen Gottes. Übergeben sind die Briefe des Papstes, des Edelen, des Großen, des Liebevollen, des Heiligen, des dreizehnten der Apostel, des allgemeinen Sprechers der Christen, der die Anbeter des Kreuzes aufrecht hält, des Richters der Christen, des obersten Priesters der Söhne der Taufe — möge Gott ihm Beistand verleihen in seinem Streben nach dem Guten, in dem Vollbringen desselben, in dem Wunsche nach Frieden und in seiner Beharrlichkeit in

---

[1] Malek as Saleh Ejub, Sultan von Aegypten von 1240—1249, Sohn des 1238 gestorbenen Chamel, Enkel des Malek al Abel, des Sohnes des Emir al Ejub Nabschmeddin.

seinen Angelegenheiten und möge ihm Gott helfen in denjenigen
Dingen, welche sich auf seine Religion und deren Gebräuche
wie auch auf anderes beziehen — und wir haben von besagter
Schrift fleißig Kenntnis genommen und die Abschnitte wohl
verstanden, welche in derselben vorhanden sind; ihr Inhalt hat
hat uns gefallen und unser Ohr freute sich beim Verlesen der=
selben. Und der Bote kam zu uns, welchen der heilige Vater
geschickt hat, wir haben ihn zuvorkommend empfangen mit Ehre
und Liebe, mit Ergebenheit und Ehrerbietung und haben ihn
vor unser Angesicht gerufen, indem wir uns ihm neigten. Wir
haben unser Ohr seinen Worten geliehen und Glauben seinem
Bericht über Christus geschenkt, gelobt sei derselbe! Über diesen
Christus wissen wir mehr als Ihr wisset, und wir verherrlichen
ihn mehr als Ihr ihn verherrlicht. Und in Bezug auf das,
was Ihr sagt, Ihr wünschet die Ruhe und den Frieden, und
Ihr hättet die Macht, die Völker zum Frieden zu rufen, so
wünschen auch wir dasselbe und wollen ihm nicht entgegen=
stehen: und dies haben wir immer gewollt und gewünscht.
Aber der Papst, welchen Gott erhalten möge, weiß, daß zwischen
uns und dem Kaiser schon lange Freundschaft und Eintracht
geschlossen ist von der Zeit des Soldans unseres Vaters her,
welchen Gott in seine Herrlichkeit aufnehmen möge, und auch
noch jetzt zwischen uns und dem vorhergenannten Kaiser besteht,
wie Ihr wißt. Daher ziemt es uns nicht, etwas mit den
Christen zu vereinbaren, wenn wir nicht vorher seinen Rath
und seine Einwilligung hierin erhalten haben. Und wir haben
unserm Boten, welcher sich am Hofe des Kaisers befindet, über
das geschrieben, was uns der Bote des Papstes hinterbrachte,
ihm meldend den Inhalt und die Vorschläge Eures Ab=
gesandten. Dieser unser Gesandter wird vor unser Angesicht
treten und mit uns reden, und nachdem er berichtet haben
wird, werden wir nach dem Inhalt der Antwort handeln und

wir werden nicht von dem abweichen, was nützlich ist und allen gefällt, so daß wir vor Gott Verdienste haben können. Dies laßen wir Euch verkündigen und das Gute wird sich mit Gottes Zulaßen in Zukunft vermehren. Geschrieben ist dies am 7. Tage des Monats Macharon[1], welcher war der Mondwechsel im August. Es sagt die Gloße: Lob sei Gott allein und der Segen desselben über unsern Herrn Machomet und sein Geschlecht. Er selbst sei unser Theil."

Und dieses Schreiben hat ein gewißer Lateiner, der griechischen Sprache kundig, da es griechisch geschrieben war, übersetzt und von Wort zu Wort nach der Reihenfolge im Briefe erörtert.

Der Herzog von Austria fiel in einem Treffen gegen den König von Ungarien[2] und ließ das Herzogthum ohne Erben zurück. Daher wurden folgende Verse an einem gewißen Orte in Austria in Stein gemeißelt aufgefunden[3]: „Im 1100. und dreimal dreißigsten Jahre, dazu füge 56, so wirst Du erfahren, daß ganz Austria seiner Fürsten beraubt ist, und das Land wird lernen, unter schwerem Druck zu dienen."

Johannes, Sohn des Bruders Adolf, Graf von Holtzatia, sechzehn Jahre alt, und sein Bruder Gherard kehrten von Paris, wo sie mehr als zwei Jahre sich aufgehalten hatten, von den Ihrigen mit nicht geringer Sehnsucht erwartet, unversehrt heim und wurden in der Octave des heiligen Franziscus[4] am Donnerstag in Hammamborch unter sehr großem Frohlocken der Geistlichkeit und des Volkes aufgenommen. Sie fanden das Land in Kriegszustand, da Erich, König von Dacien, in daßelbe

---

[1] Am 22. oder 23. Juli.
[2] Friedrich der Streitbare fiel am 15. Juni an der Leitha durch einen Lanzenstich ins Auge getroffen im Kampfe gegen Bela von Ungarn.
[3] Vier schlechte Hexameter, welche auch an anderen Orten vorkommen. W.
[4] Am 11. October.

mit allen, welche er zu seiner Hülfe veranlassen konnte, eingebrochen war.

1247. Landgraf Heinrich, welcher das Reich erhalten hatte, starb [1]. Er hatte keinen Erben, aber der Herzog von Brabantien [2] betrat sein Land mit starker Macht und bemächtigte sich unter dem Vorwand der Vormundschaft für seine Tochter [3], welche die Frau ebendesselben Landgrafen war, sowohl des Landes und der Burgen wie auch der Oberhoheit des Landes. Graf Gunzelin und die Slaven, welche die Partei des Königs Erich von Dacien gegen Johannes, Grafen von Holtzatia, unterstützten, kamen an dem Tage des Brictius [4] in feindlicher Weise nach Tobeslo [5], nahmen einige Ritter gefangen und tödteten von den Holzaten sehr viele, da sie sich tapfer vertheidigten. Auch der König von Dacien, Erich, begann seinen Bruder, den Herzog Abel, in seinem Herzogthum zu belästigen, vertrieb den Christophorus, seinen Bruder, aus dessen Gebiet und nahm Kanut, den Herzog von Blekende [6], seinen Stiefbruder, gefangen. Diesen befreiten nachher mannhaft die Lubeker, indem sie die Burg Stekenborch [7], in welcher er festgehalten wurde, eroberten. Dacien außerdem öfters zu Schiffe verwüstend, kehrten sie mit großer Beute zurück. Als der Papst den Tod des Landgrafen Heinrich erfuhr, schickte er Petrus Capucius, Cardinaldiacon de Aureo velo, nach Teutonien; dieser berief Erzbischöfe und Bischöfe, welche er konnte, zusammen und feierte ein Concil in Colonia am Feste des heiligen Michahel. Am Donnerstag nach Michahel wurde Willehelm, Bruder des Grafen von Holland, von einigen Bischöfen und Grafen in Nussia [8] zum

---

[1] Am 17. Februar auf der Wartburg in Folge eines Blutflusses.
[2] Heinrich II, der Großmüthige.
[3] Beatrix, sie heirathete später Wilhelm, Grafen von Flandern, nannte sich aber „von Gottes Gnaden, weiland römische Königin". — [4] Am 13. November.
[5] Oldesloe. — [6] Blekingen, Provinz Schwedens.
[7] Stege auf der Insel Moen. — [8] Neuß.

Römischen König zur Regierung des Reichs gewählt. Von ebendemselben wurde dort Johannes, Graf von Holtzatia, mit dem Gürtel der Ritterschaft geschmückt. (Kurze Zeit vorher war die Tochter[1] des Herzogs[2] von Sachsen Friderich, dem einstigen Kaiser, als Verlobte zugeschickt worden. Mit dieser war Otto, Sohn des Herzogs von Brunswich, vorher verlobt gewesen, aber bald darauf gestorben[3].) Am Tage der Heiligen Basilides und Cirinus[4] einem Mittwoch, entstand nach Mittag, obwohl die Luft heiß und heiter war ein plötzliches Unwetter, und zwischen dem Regen und Donnerschlägen fiel sehr dichter Hagel, dessen Größe noch diejenige eines Taubeneies übertraf. Bernardus, Bischof von Patherburn[5], starb, ihm folgte Symon, Bruder des Herrn Bernard von Lippia, und der Bruder ebendesselben Symon[6], nämlich Otto, Dompropst zu Bremen, wird dem Bischof von Münster als Nachfolger bestimmt[7]. Teoderich, Bischof von Zuerin, starb, ihm folgte Willehelm, Propst derselben Kirche[8].

1248. Es begannen in der Kirche des Herrn wunderliche und beklagenswerthe Ketzer aufzutauchen, welche, nachdem die Glocken geläutet waren und die Barone und Herren des Landes sich versammelt hatten, in Hallis Suevorum[9] an öffentlicher Stelle so predigten. Erstlich daß der Papst ein Ketzer wäre, alle Bischöfe und Prälaten Symonisten und Ketzer, auch die niederen Prälaten mit den Priestern, weil sie mit Lastern und Todsünden behaftet nicht die Macht hätten, zu binden und zu lösen und weil diese alle Menschen verführten und verführt hätten. Ferner daß die Priester mit Todsünden behaftet nicht

---
[1] Jutta. — [2] Albrecht I.
[3] Zusatz am Rande. — [4] Am 12. Juni.
[5] Patheramniensis in der ältesten Handschrift scheint ein Schreibfehler zu sein, da sonst immer die gewöhnliche Form gebraucht ist. W.
[6] Simon I, 1247—1277.
[7] Otto II, 1248—1259.
[8] Wilhelm, 1247—1249.
[9] Schwäbisch Hall.

könnten das Meßopfer darbringen. Ferner daß kein Lebender, weder der Papst noch die Bischöfe noch irgendwelche andere den Gottesdienst verbieten könnten, und daß diejenigen, welche ihn untersagten, Ketzer und Verführer wären. Und sie erlaubten in den mit dem Interdict belegten Städten Messen zu hören, was sie auf ihre Seele nahmen, und die kirchlichen Sakramente frei zu empfangen, weil sie durch deren Genuß von den Sünden befreit würden.

Ferner daß die Predigermönche und Minderbrüder die Kirche mit falschen Predigten verdürben, und daß alle Prediger und Minderbrüder, auch die Cistercienser und alle anderen einen verderbten und ungerechten Lebenswandel führten. Ferner daß außer ihnen und ihren Anhängern keiner wäre, der die Wahrheit sagte, und niemand, der den rechten Glauben in der That bewahre; und wenn sie nicht gekommen wären, so würde Gott sie selbst, ehe er den Glauben und die Kirche in der Gefahr gelassen hätte, aus den Steinen erweckt haben[1], oder andere, welche die Kirche Gottes mit rechter Lehre erleuchtet hätten. Auch predigten sie: „Bis hierher haben Eure Prediger die Wahrheit begraben und die Unwahrheit gepredigt, wir begraben die Unwahrheit und predigen die Wahrheit". Und am Schluße: „Der Ablaß, welchen wir Euch geben, ist nicht erdichtet oder ausgesonnen von dem Papste und den Bischöfen, sondern von Gott allein und unserm Orden". Und folgendes: „Wir wagen nicht des Herrn Papstes zu gedenken, weil er ein Mann von so verkehrtem Lebenswandel und einem so schlechten Beispiel ist, daß man von ihm schweigen muß". Und schmähend fügte ebenderselbe treulose Prediger hinzu: „Betet" sprach er, „für den Herrn Kaiser Friderich und für seinen Sohn Conrad, welche vollkommen und gerecht sind". Eben-

---

[1] Nach Lucas 3, 8. W.

falls sagte er, daß der Papst nicht die Gewalt zu lösen und zu binden hätte, weil er nicht das apostolische Leben hätte, und daß er dies mit einer gewissen Schriftstelle belegen wolle. Diese Ketzer begünstigte und vertheidigte Conrad, der Sohn des einstigen Kaisers Friderich, und glaubte, seinen Vater und sich durch solche Gifttropfen zu vertheidigen. Aber die Sache wandte sich in's Gegentheil, weil sich die katholischen Priester kühn widersetzten und die Gläubigen ermahnten, daher traten die Freien und die Dienstmannen von Conrad zurück, so daß er gleichsam als Verbannter und Flüchtling aus Swevien in Bawarien sich aufhielt. Sehr große Ueberschwemmung in der Nacht vom Allerkindleintag[1] und auf beiden Ufern der Albia ertranken sehr viele Menschen.

1249. Die Kreuzfahrer hielten die Stadt Aquisgranum in langer Belagerung eingeschlossen und krönten Willehelm[2], welcher weiter vorrückte und die Reichsgüter, welche er erreichen konnte, einnahm. (Sifridus, Erzbischof von Moguntia, die festeste Säule der Kirche, starb[3].) Herzog Abel kehrte zur Freundschaft mit seinem Bruder, dem Könige von Dacien, zurück. Daher wurde der Kriegszug, welchen der Erzbischof von Bremen, Johannes, Graf von Holtzatien und deren Helfer nach Dacien unternommen hatten, ohne Ergebniß aufgelöst. Kurz vorher hatte Johannes, Graf von Holtzatien, eine Burg in Todeslo erbaut. Willelm, Bischof von Zwerin starb, ihm folgte Rodolf[4], Dompropst daselbst. Und so lassen sich die Namen aller Bischöfe jener Kirche bis jetzt nach ihrer Zeitfolge in Versform darstellen: Zum Beispiel

Berno, Brunwardus, Fridericus, Teodericus,
Wilhelmus, Rodolfus.

---

[1]) Am 28. December.
[2]) Die Krönung desselben hatte am 1. November 1248 stattgefunden.
[3]) Siegfried III. starb am 9. März. Diese Worte sind am Rande zugesetzt.
[4]) Rudolf I, 1249—1262.

Albert von Stade. 1249—1250.

Innerhalb der Octave von Mariä Himmelfahrt brach in der Stadt Misna[1] eine Brücke durch die Gewalt eines Unwetters ganz zusammen, stürzte ein und begrub eine sehr große Volksmenge, welche sich dorthin aus Schrecken vor dem Wetter geflüchtet hatte. Der König von Francien[2], welcher mit mehreren Rittern seines Reiches nach dem heiligen Lande ging, nahm um die Pfingstoctave Damiata ein; ihn soll Kaiser Friderich mit vielen Dienstleistungen unterstützt haben. Der gekrönte Willehelm hielt sich einige Zeit am Rhein auf und ging dann, da er die einem Könige genügenden Geldmittel nicht hatte, nach Hollandia zurück; und wiederum kehrte er später in die Rheingegenden zurück und unterwarf sich einige Gebiete.

1250. Ueber den König von Francien wurden klägliche Gerüchte laut, nämlich daß sein Bruder[3] getödtet und er selbst gefangen wäre, nachdem er eine große Menge der Seinigen verloren hatte, und daß er sich mit sehr vielem Gelde losgekauft hätte. Am Dienstag nach der Osteroctave, nämlich am 5. April, hatte der König von Francien mit dem Soldan am Nil ein Gefecht, in welchem auf der Seite des Königs 160000 Christen getödtet wurden. Der König wurde gefangen genommen, gab Damiata zurück und kaufte sich selbst mit 6000 Mark frei. Außerdem waren für den König zunächst 13 volle Fäßer mit Bisantiern[4] und von solcher Größe angekommen, daß sechs Stiere ein Faß kaum zwei Meilen weit an einem Tage ziehen konnten. Dieses ganze Geld ging auf den Soldan über. Als diese Gerüchte erschollen, riefen sich einige die Prophezeiung des Abtes Joachim in die Erinnerung zurück, welcher sagte: „Es wird der Franke überwunden werden, es

---

1) Meißen; nach Aug. 15.
2) Ludwig IX, 1226—1270.
3) Robert, Graf von Artois.
4) Byzantische Goldmünzen. W.

wird der Oberpriester gefangen genommen werden, es wird der Herrscher der Teutschen die Oberhand bekommen". Aber Bruder Alexander in der Erklärung des Apokalypse, wo er diese Prophezeiung berührt, fügt folgendes hinzu: „Aber die Kirche betet, daß das, was zum Unheil gesagt ist, zum Segen werde".

Graf Johannes ordnete mit Hülfe des Erzbischofes von Bremen und seines Oheims Symon, Bischofs von Patherburn, einen Zug gegen Dacien mit sehr großer Heeresmacht für den August an, nachdem die Burg in Reynoldesborch[1], welche der König sehr fest machen lassen und mit tüchtigen Männern besetzt hatte, in starker Belagerung zuvörderst bestürmt worden war. Inzwischen entstanden um den Tag des Laurentius[2]) über den König Erich von Dacien unheilvolle Gerüchte, indem einige sagten, der König sei gefangen, andere, er sei todt. Endlich wurde die Wahrheit bekannt, daß ihn, als er in Sicherheit Würfel spielte[3] in einem über dem Wasser gelegenen Hause unvermuthet Herzog Abel überfiel, sein Bruder, welcher ihn in freundschaftlicher Weise dorthin eingeladen hatte und den Gefangenen in feindlicher Weise in ein Boot bringen ließ, welches zu diesem Zweck an jenen Ort gebracht war. Er wurde in die Mitte des Wassers, welches Sli[4] genannt wird, gebracht und Lago[5], einer von den Mächtigeren unter den Dänen, welcher dem Herzog befreundet war, kam mit einem anderen Schiffe schnell herbei, ließ ihn enthaupten und den Körper, mit vielem Eisen beschwert, versenkte er in die Tiefe jenes Gewässers. Als der König erkannte, daß der Tod un-

---

[1]) Rendsburg. — [2]) Am 10. August.
[3]) „mit dem Ritter Hermann" setzen die Hamburger Jahrbücher hinzu. W.
[4]) Schlei. Das damalige Schloß lag zwischen der Schiffbrücke über dieselbe und dem Dom.
[5]) Lauge Gudmundsoen, er lebte mit einigen gleichfalls vom Könige vertriebenen Dänen in Schleswig.

vermeidlich sei, verlangte und erhielt er einen Priester und
nach abgelegter Beichte vergab er, wie man sagte, in herzlicher
Weise dem Henker die Unthat, und sagte im Begriffe ent=
hauptet zu werden: „Mein Bruder bereitet mir, wie ich es
vor Gott leider verdient habe, einen schimpflichen Tod, aber
er selbst wird, wenn er sich nicht gebessert haben wird, einen
schimpflicheren finden". Jenes trug sich zu in der Nacht des
Laurentius. Nicht lange nachher wurde sein Körper mit dem=
selben Eisen belastet und mit dem noch am Halse hängenden
Kopfe von den Predigermönchen gefunden Es begruben ihn
die Predigermönche in ihrer Kirche zu Sleswich. Später ließ
sein Bruder Abel ihn ausgraben und ebendaselbst in der neuen
Kirche der Nonnen begraben. Das Heer kehrte nach aufge=
hobener Belagerung zurück. An dem Tage Aller Heiligen[1]
wird Abel zum König, seine Frau Mechtildis zur Königin ge=
krönt, während ihr noch sehr junger Sohn Waldemar, welchen
der Erzbischof von Colonia bei seiner Rückkehr von Rotoma=
gus[2] gefangen genommen, noch in der Gefangenschaft gehalten
wurde. Kaiser Friderich starb von dem Palormitanischen Erz=
bischof[4] absolvirt, und wurde in Sicilien in der bereits er=
wähnten Kirche beigesetzt.

1251. König Wilhelm heirathete die Tochter Herzogs
Otto von Brunswich[5] und in der Hochzeitsnacht selbst, näm=
lich der Bekehrung des heiligen Paulus[6], brannte der Palast,
in welchem die Neuvermählten ruheten, in Brunswich neben
dem Löwen gelegen, vollständig aus, aus Vernachlässigung
des Lichtes und des Strohes. Die Königskrone verbrannte
und viele kostbare Sachen. Zwei Schneider, welche in einer

---

[1] 1. November. — [2] Rouen.
[3] Am 13. December auf dem Schlosse Fiorentino.
[4] Berard von Castaca, Erzbischof von Palermo.
[5] Elisabeth. Die Hochzeit fand erst 1252 statt. — [6] Am 25. Januar.

Kammer beim Nähen von Kleidern saßen, sind verbrannt. Der König und die Königin entkamen mit Mühe, indem die Königin, als im Hause bekannter, den König herausführte.

1252. Otto, Herzog von Luneburg starb, da er schon bereit war, an den Hof nach Frankenvorde zu gehen, welchen König Wilhelm um das Fest Johannis des Täufers oder des Jacobus für die Fürsten angesagt hatte, an dem Sonntage des Primus und Felicianus[1], während der Vesper, 48 Jahre alt. Am Tage der Apostel Petrus und Paulus wurde der König der Dänen, als er die Strantfresonen[2] wegen ihres Uebermuthes bändigen wollte, unvermutheten Todes von ihnen getödtet[3].

Sein Bruder Christophorus folgte ihm im Königthume[4]. Lago, von dem wir vorher berichtet haben, floh mit der Königskrone und vielem von Abel gesammelten Gelde nach Holtzatia, und wurde selbst nicht lange Zeit hernach ebendaselbst getödtet[5].

1253. Herzog Albert baut Horeborch wieder auf, dadurch das eidliche Versprechen seines Vaters verletzend. Die Gräfin von Flandern[6] schickte ihm Ritterschaft zu Schiff nach Hollandia gegen den König Willelm[7]. Aber der König gewann den Sieg, tödtete sehr viele von ihnen, nahm unzählige gefangen und verschaffte sich dadurch vieles Geld.

1254. Zwischen dem Könige Willelm und dem Erzbischof

---

[1] Am 9. Juni. — [2] Vgl. Waitz, Schlesw. Holst. Gesch. I, S. 158, 159.
[3] Er fiel, von der Axt eines Wagenzimmermanns, Wessel Hummer aus Pelworm, getroffen am 29. Juni. Seine Leiche blieb lange unbestattet liegen. Vgl. Dahlmann, Gesch. v. Dänemark I, S. 408. (Die Hamburger Jahrbücher setzen hinzu: „Auch der Ritter Hermann von Kerkwerdere, welcher mit König Erich Würfel spielte, als dieser gefangen wurde, ist von Bauern, die er zu Erdarbeiten zwang, mit den Spaten, welche die Bauern in der Hand hatten, erschlagen." W.)
[4] Christoph I, 1252—1259. — [5] In Kiel.
[6] Margareta.
[7] Er hatte ihr den Lehenseid für den westlich der Schelde gelegenen Theil von Seeland verweigert.

von Colonia entstand in Nussa eine so große Streitigkeit[1], daß der Cölner starkes Feuer an das Haus, in welchem der Legat[2] mit dem Könige sich befand, anlegen ließ und dadurch beide ersticken wollte; mit Mühe entkamen sie.

1255. Ein einflußreicher Bürger in Moguntia begann seine Mitbürger aufzufordern, zur Herstellung des Friedens sich gegenseitig durch einen Eidschwur zu verpflichten. Es stimmten ihm auch sehr viele andere Städte bei. Sie nannten ihn Waltbobo[3]. Die Sache fand bei den Fürsten keinen Beifall, auch nicht bei den Rittern, aber auch nicht bei den Räubern, und besonders nicht bei denjenigen, welche ihre Hände beständig zum Raube bereit hatten, indem sie sagten, es wäre unanständig, daß Kaufleute über ehrbare Männer und Edle die Herrschaft hätten. Die Burg Horneburch am Flusse Lu wird auf dem Boden der Herseveldter Kirche erbaut. Papst Innocentius starb[4], ihm folgte Reinardus[5], Alexander genannt. Herr Friderich von Haselthorp stieg aus dem Laienstand zum Geistlichenstand empor und übertrug unter andern Werken der Frömmigkeit des Dorf Worthen[6] mit allem seinen Zubehör der Kirche der heiligen Jungfrau in Stadium, indem der Abt eben desselben Ortes, Theoderich, ihn dazu ermahnte.

1256. Wilhelm, König der Römer, wird von den Fresonen, welche sich zu Medemlek[7] in Hollandia aufhielten, getödtet und an einem unbekannten Orte von ihnen begraben[8].

---

[1] Dieser Satz wird erst verständlich durch die Version der Hamburger Annalen: „Der König mit dem Legaten Petrus gab sich Mühe, daß der Cölner den Bischof Symon (von Paderborn) losließe. Da der Erzbischof widersprach, erhob sich solcher Lärm, daß u. s. w. W. — [2] Petrus Caputius genannt zum Jahre 1247. [3] Arnold Walpode, Bürger und Richter zu Mainz. Walpode ist ein von dem Waltbotenamte (Gewaltbote des Rathes) angenommener Geschlechtsname. [4] Im December 1254. — [5] Rinaldo da Conti, Bischof von Ostia und Velletri. Er war der IV. — [6] Worden bei Stade. — [7] Medemblik. [8] Florenz, Sohn Wilhelms von Holland, erfuhr 1282 die Stätte, wo sein Vater begraben war — unter der Thürschwelle eines Hauses zu Hoogwoud — und ließ die Leiche in der Klosterkirche zu Middelburg in genanntem Jahre beisetzen.

Der Papst ließ das Kreuz zur Hülfe des heiligen Landes predigen. Die Ritter von Bederekesa überfielen kühn, nachdem sie mehrere zur Hülfe gerufen hatten, die Worthsatischen[1] Fresonen und verbrannten, als sie das erste Mal das Land betraten, sehr viele Wohnungen. Auf dem zweiten Zuge aber, nämlich am 10. September, als sie wiederum das Land betraten und sich des Sieges gleichsam sicher glaubten, kamen die Fresonen herbei, und indem sie auf die Bewaffneten fast nackt einen Angriff machten, schlugen sie dieselben in eine unverhoffte Flucht, nachdem dort sehr viele getödtet waren, unter diesen befanden sich einige Edele, sehr viele Ritter, berühmte Räuber.

---

[1] Worthsaten = Wolzeden, nordwestlich von Emden.

Register.

A.

Aachen (Aquisgranum) 31. 53. 108.
Abel, König v. Dänemark 81. 88. 95. 96. 105. 108. 110—112.
Abraham, Patriarch 94.
Absalon, Bischof v. Lund 29.
Adala, Tochter d. Grafen v. Alsleben 23.
Adalbert I, Erzb. v. Bremen 4. 5.
Adalbert II (Albero), Erzbisch. v. Bremen 15. 18. 19. 21.
Adalbert III (Albert), Erzb. von Salzburg 33.
Adalward, Abt v. Stade 19. 26. 38.
Abba (Athera) 30.
Abeko v. Stade 19.
Adelheid (Adelheidis), Äbtissin von Quedlinburg 25.
Adelheid (Eupraxia), Gem. Heinr. IV 5. 6. 23.
Adelheid (Adelheitis), Gem. Heinrichs v. Plötzkau 24.
Adelheid (Adelheidis), Tocht. Udos II v. Stade 23.
Adelheid (Adelheithis) v. Rheinfelden 23.

Adolf I, Erzb. v. Cöln 50. 53. 58. 59.
Adolf I, Graf v. Schauenburg 30.
Adolf II, Graf v. Schauenburg 30. 54. 56. 69.
Adolf III, Gr. v. Schauenburg 71. 76. 81. 88. 95. 96. 98.
Adolf V, Graf v. Berg 61.
Aegypten 45. 46. 65, s. a. Malek.
Aethiopien, Aethiope 13. 46.
Afrika 34.
Agnes, Gem. Friedr. v. Schwaben 18.
Agnes, Schw. Wenzels v. Boehmen 83.
Agnes, Gem. d. Rheinpfalzgrafen Heinrich 50. 55. 56.
Agnes, Tochter derselben 71.
Ahlerstedt 8.
Alkon (Akkaron) 49. 52.
Albert, Card. v. St. Laurentius, s. Papst Gregor VIII.
Albert I, Erzb. v. Magdeburg 72.
Albert I, Bischof v. Lüttich 50.
Albert, Domherr v. Bremen, B. v. Livland 53. 54. 56.
Albert Suerbeer, B. v. Livland 74. 75.

8*

Albert v. Gleichen, Propst v. Magdeburg 82.
Albert, Abt v. Stade 76. 91—93.
Albert, Abt v. Rosenfeld 76.
Albert I, G. v. Anhalt 59. 72. 88.
Albert I, G. v. Braunschweig 112.
Albert v. Asterburg, Osterburg 24. 25.
Albert, Graf v. Dagsburg 53.
Albert, Pfalzgr. v. Sommereschenburg 25.
Albrecht I (Albert) d. Bär 18—21. 24. 25. 33. 34. 43.
Albrecht II, Markgraf v. Brandenburg 60. 61.
Albrecht II v. Orlamünde, G. v. Holstein 60. 65. 69—72.
Albia f. Elbe.
Albigenser 58. 70. 83.
Aldensele f. Oldensaal.
Aldo, Vater d. Berthold v. Elme 11.
Alemannia f. Deutschland.
Alexander II, Papst 5.
Alexander III, Papst 28. 29. 31 —34. 37—39. 43.
Alexander IV, Papst 113. 114.
Alexander monachus 110.
Alexandrien 61.
Alheida, T. Siegfr. v. Erteneburg 25.
Aliarina (Alarina), T. d. Ida v. Elsdorf 9.
Alsleben (Alesleve) 23.
Amelungsborn, Kloster 8.
Anagni (Anagnia) 44.
Anastasius IV, Papst 27.
Ancona 36. 37.
Angers (Andegavia) 74.
Anna, Reliquien d. heiligen, 53.

Anno II, Erzb. v. Cöln 5.
Anselm v. Canterbury 6.
Ansver, Abt v. Ratzeburg 4.
Antaradus, Bischof v. 61
Antiochien 48. 54. 61.
Apulien, Apuler 48. 52. 53. 58. 83. 84, f. a. Tancred.
Aquilegia 35. 37.
Aragonien (Arragonia) 61.
Arnest v. Emmelndorf 11.
Arnold (Albert), Erzb. v. Mainz 33.
Arnold I, B. v. Trier 33.
Arnold v. Bevern 11.
Arnsberg (Arnesberghe), Grafen v. 7.
Arnulf (Arnold) v. Oudenarde 68.
Aschersleben (Ascergsleve) 25.
Asis f. Jesi.
Assisi 70. 74.
Attila 57.
Augsburg (Augusta) 16.
Austria f. Österreich.

B.

Babylon 45. 46. 94, f. a. Fostat.
Baiern (Bawaria) 7. 17. 23. 108. f. a. Heinrich, Welf, Ludwig L
Baldac f. Mekka.
Balduin II (Baldewin), Bischof v. Utrecht 50.
Balduin (Baldewin), Probst v. Halberstadt 54. 38.
Balduin IX (Baldwin) v. Flandern 66.
Balduin der Falsche v. Flandern 66—68.
Balduin v. Horechthorpe 11.
Bamberg (Bomeburg, Bovenburg) 33. 34. 57.

Register.

Barbewiek (Bardewich) 48. 66.
Bari (Baris) 24.
Beatrix, Gem. Kaiser Friedrich 1
  38. 46.
Beatrix, T. Philipps v. Hohen=
  stausen 57. 59.
Beatrix, T. Heinrichs II v. Brabant
  105.
Bede 20.
Bederekesa, Ritter von 114, f. a.
  Otto v. —
Bederich, G. v. Belzig 96. 97.
Beichlingen (Bicheline) f. Cono v.
Beirut (Baruth) 52.
Bela IV v. Ungarn 94. 95. 104.
Benedict d. Heilige, Regel des 91.
Benedictinerorden 92.
Benevent 39.
Berard, Erzb. v. Palermo 111.
Bernburg (Berneburg) 23. 59.
Bernhard (Bernard) v. Clairvaux
  26. 27.
Bernhard IV, B. v. Paderborn 73.
  106.
Bernhard, Herzog v. Kärnthen 95.
Bernhard II zur Lippe 63. 73. 82.
  106.
Bernhard I v. Sachsen 22.
Bernhard II v. Sachsen, Graf v.
  Anhalt 43. 58. 59.
Berno, B. v. Schwerin 108.
Berthold, Erzb. v. Bremen 38 40.
Berthold, B. v. Lübeck 58. 75.
Berthold, Abt v. Loccum, B. v.
  Livland 51. 53.
Berthold III v. Zäringen 34.
Berthold V v. Zäringen 53.
Berthold v. Elme 11.

Besançon (Bisungium) 29.
Bethlehem 74.
Bingen (Pinguia) 26. 27.
Binnen, Hof 10.
Birger Jarl v. Schweden 95.
Bliedersdorf (Blithersdorpe) f. War=
  ding.
Blutbann 21.
Böhmen (Boemia) 18. 47. 49. 56.
  60. 94, f. a. Sobieslaw I, Otto=
  kar I.
Bolko v. Bardenfleet 79.
Bologna (Bononia) 35. 81.
Bomeneburg (=burgh), f. Siegfried v.
Bonn (Bunna) 69, f. a. Bruno IV,
  Erzb. v. Cöln.
Bornhövede (Burnhovede) 71.
Borwin I v. Mecklenburg 29.
Bouvines 60.
Brabant (Brabantia) f. Heinr. I u. II.
Brabantiner 35.
Brandenburg, Bisch. f. Siegfried v.
Bremen, Rutger, Martgr. f. Al=
  brecht d. Bär, Albrecht II.
Braunschweig (Brunswich), Brunes=
  wich, Bruniswich) 31. 34. 54.
  56. 60. 63. 70. 71. 72. 76. 80.
  111, f. a. Heinrich d. Löwe, Otto I.
Bremen 5. 11. 13. 18. 20. 32.
  37. 40. 44. 45. 48. 50. 53.
  55. 57. 62. 65. 73. 75—77. 80.
  83; Erbischöfe f. Libentius I,
  Adalbert I, Liemar, Humbert,
  Friedrich I, Adalbert II, Hart=
  wig I, Balduin I, Berthold, Sieg=
  fried, Hartwig II, Waldemar,
  Gerhard I u. II.
Bremervörde (Borda) 14. 63.

Brienne (Bren) s. Johannes.
Brindisi (Brundisium) 52.
Bruno, B. v. Toul, s. Papst Leo IX.
Bruno III, Erzb. v. Cöln 49. 50.
Bruno IV, Erzb. v. Cöln 58.
Bruno, Probst v. Magdeburg 82.
Brunward, B. v. Schwerin 82. 108.
Burchard II (Bucco), B. v. Halberstadt 5.
Burchard, Dompropst v. Trier 10.
Burchard II (Borchard) Graf v. Oldenburg 76.
Buris (Borius), Herz. v. Dänem. 29.
Buxtehude (Buchestehude) 100
Byzantinische Münzen 109.

C.

Cäcilie (Cecilia T. Jsaaks II Angelos) 51.
Cäsarea 70.
Calabrien 52. 80.
Cairo (Charras) 65.
Calixtus III, Papst 37. 39.
Calvela s. Kalvelage.
Canterbury (Cantuaria) s. Anselm.
Catlenburg (Catelenburg) 8.
Champagne (Campania) s. Heinrich v.
Chovaresmier (Choresminen) 99.
Christian I, Erzb. v. Mainz 31. 33. 35—39. 48.
Christian I, Graf v. Oldenburg 7. 30. 32. 33.
Christian II, Graf v. Oldenburg 33. 49.
Christoph I, König v. Dänemark 105. 112.

Christoph, Abt v. Stade 54. 76.
Cistercienserorden 6. 26. 51. 67. 91. 92. 94. 107.
Clairvaux (Clarevallis) s. Bernhard.
Clemens III, Papst 47. 48.
Clementia, Gemahl. Heinrichs des Löwen 34.
Cleve (Clive) s. Dietrich V.
Cölestin II (Celestin), Papst 33.
Cölestin III (Celestin), Papst 48. 52.
Cölestin IV (Celestin), Papst 95. 96.
Cöln (Colonia) 30. 32. 57. 60. 70. 93. 105; Erzbischöfe: s. Heribert, Anno, Reinhold, Philipp I, Bruno III, Adolf I, Bruno IV, Dietrich I, Engelbert I, Heinrich I, Konrad I.
Coeverden (Colfelde) 71.
Colbitz (Colbizce) 3.
Connigehove, Hof 8.
Cono, Abt v. Rosenfeld 16. 19. 26.
Cono, Graf v. Beicheling 7. 8.
Conrad s. Konrad.
Constantinopel 56; Patriarch von 61: s. a. Balduin IX.
Constantinus s. Friedrich II, Kaiser.
Constanze (Constantia), Gemahlin Heinrichs VI 45. 48. 51. 52. 64.
Constanze (Constantia), Gemahlin Friedrichs II 65.
Cosvelt 50.
Cunegunde s. Kunigunde.
Cusmer, Quelle 46.
Cuht (Cuc) s. Gottfried.
Cypern (Cyprus) s. Hugo I.

D.

Damasus 45—47.
Damiette (Damiata) 63, 109
Dänemark (Dania, Dacia) 2. 17. 29. 50. 89. 108. 116; Könige s. Nicolaus, Magnus, Waldemar I u. II, Knud VI, Abel, Erich III Lam, Erich IV, Christoph I.
Dannenberg (Dannenburch) 66.
Dedo, Graf in Ditmarschen 10.
Demmin (Dimin) 30.
Detmar (Thidmar), Bisch. v. Minden 58.
Detmar vom Diele 78.
Deutschland (Teutonia, Alemannia) 29. 34. 49. 52. 56. 59. 88. 93. 99. 101.
Deventer (Daventria) 71.
Dichusen 53.
Dietrich (Thiederich) I, Erzb. v. Cöln. 58.
Dietrich I, Bisch. v. Lübeck 58.
Dietrich, Bisch. v. Schwerin 89. 106. 108.
Dietrich I, Bischof v. Utrecht 51. 59.
Dietrich, Bisch. v. Esthland 65.
Dietrich, Propst v. Deventer 71.
Dietrich (Theoderich), Abt v. Stade 91. 96. 113.
Disibod (Psibodus) der Heilige 26.
Dispensation, päpstliche, wegen defectus natalium 89. 90; defectus lenitatis 98.
Ditmarschen (Thietmarchen, Tithmarschia) 20. 25; siehe a. Dedo, Etheler, Reinold.
Doberan (Doboran) 70.
Dominikanerorden 58. 98. 107. 111.
Dorfhagen (Haghena) 59.
Drenthe (Trent) 50. 71.
Dudo v. Stade 19.
Dünamünde (Dunemunde) 73.

E.

Egbert, Presbyter 3.
Egbert, Sohn d. Ida v. Elsdorf 12.
Egino, Ankläger Ottos v. Nordheim 7.
Eider (Eidera) 54.
Eilbert v. Dannenberg, Minorit 93.
Eilika, T. d. Magnus v. Sachsen 20. 23.
Eilika, Gem. Eilmars d. Jüngeren v. Oldenb. 7.
Eilmar d. Ältere v. Oldenb. 8. 10.
Eilmar d. Jüngere v. Oldenb. 7. 8. 10. 11.
Eilo, Propst v. St. Willehad in Bremen 44.
Elbe (Albia) 12. 54. 61. 62.
Eleonora, Gem. Wald. v. Dänem. 76.
Elger, Magister v. Hamburg 89. 90.
Elisabeth, die heilige 81.
Elisabeth, Gem. Wilh. v. Holland 111. 112.
Elisabeth, T. Herz. Albrecht II v. Sachsen 96.
Elisabeth, T. Ottokars v. Steier 25.
Elsdorf (Elsthorpe) 9. 10; s. a. Ida v. —
Elver, Mönch v. Rosenfeld, Abt v. Stade 19. 54.

Emmelndorf (Emelenthorpe) s. Arneit.
Engelbert I, Erzb. v. Cöln 66. 68. 69.
England (Anglia) 11. 42. 43. 94, s. a. Heinrich II, Richard I, Johann ohne Land, Heinrich III.
Erdberg b. Wien 50.
Erfurt (Erfordia) 44.
Erich Lam 25.
Erich IV, K. v. Dänem. 88. 95. 96. 104. 105. 108. 110.
Ermengardis, T. Udos III v. Stade 24.
Ermengardis, T. Theoderichs v. Plötkau 24.
Ernst v. Gleichen 82.
Eschede Fluß 100.
Esthland (Estonia) 65. 66, s. a. Dietrich, Hermann.
Etheler d. Weiße, G. in Ditmarschen 10.
Etheler 55. 56.
Eugen III, Papst 26. 27.
Evermod, B. v. Ratzeburg 38.

F.

Faenza (Faventinum) 81.
Falkenberg (Valkenberch) 60.
Ferrara (Ferraria) 36.
Fieberpest 32.
Flandern (Flandria) 66, s. a. Balduin IX, Philipp II, G.v., Johanna.
Florenz IV, G. v. Holland 77—80.
Fostat (Babylon) 65.
Frankenbostel (Frankenburstolo) 10.
Frankfurt a. M. (Frankenvorde) 18. 57. 63. 65. 101. 112.

Frankreich (Francia) 27. 53. 94, s. a. Ludwig VII, Philipp II, August, Ludwig VIII u. IX.
Franz v. Assisi 43. 57. 70. 74.
Franziskanerorden 58.
Freiersen (Frogersen), Hof 10.
Friedrich, Erzb. v. Bremen 13.
Friedrich II, Bisch. v. Halberstadt 72.
Friedrich, B. v. Schwerin 82. 89. 108.
Friedrich I v. Hohenstaufen, deutscher Kaiser 23. 27. 29—31. 33. 34. 38. 41. 44. 45. 47. 48.
Friedrich II v. Hohenstaufen (Constantin) 58—61. 63—65. 69. 70. 72. 76. 80—85. 89. 94. 96. 99—102. 106—109. 111.
Friedrich II v. Hohenstaufen, Herz. v. Schwaben 15—17.
Friedrich IV v. Hohenstaufen 32.
Friedrich V v. Hohenstaufen 46—48.
Friedrich I v. Österreich 47.
Friedrich II v. Österreich, d. Streitbare 95. 104.
Friedrich, Pfalzg. v. Sommereschenburg 18—21, 25.
Friedrich, Graf v. Isenberg 69. 70.
Friedrich, Gr. v. Stade 8. 9. 11—17. 20.
Friedrich v. Haselthorp 113.
Friesland, Friesen (Fresia, Fresonen, Strantfresonen, Worthsaten) 33. 53. 112—114, s. a. Heinrich d. Dicke.
Fulco v. Neuilly 53. 55.

G.

Galiläa 47. 74.
Galizien (Galecia) 34.
Gallien 29. 31. 34. 58. 75.
Gebhard (Gevehard), B. v. Straßburg 19.
Gebhard (Gevehard) v. Supplinburg 15.
Geldern (Gelria, Gelre) f. Gerhard III, Heinrich.
Gelnhausen (Geilehusen) 43.
Genua (Janua) 94.
Gerhard I (Gherard), Erzb v. Bremen 58. 60. 62. 63.
Gerhard II (Gherard), Erzb v. Bremen 63. 65. 69—71. 73—76. 78. 89. 91. 92. 95. 103.
Gerhard v. Geldern, B. v. Osnabrück, Erzb. v. Bremen 32.
Gerhard, Magister v. Bremen 40.
Gerhard III, G. v. Geldern 59. 71.
Gerhard v. Heinsberg 24.
Gerhard I v. Schauenburg 88.
Gerhard, Bruder des Gr. Johann v. Holstein 104.
Gernand, Dechant v. Bremen 92.
Gero v. Stumpenhusen 32.
Gertrud, T. Kaiser Lothars 14. 20. 21.
Gertrud, T. Heinr. d. Löwen 35.
Gertrud, T. Heinr. d. Dicken 14.
Gertrud, T. Ottos v. Rieneck 24.
Gethebach (Gete) 32.
Gevehard, Diener d. Propstes Olrich v. Buxtehude 100.
Gleichen (Glico) f. f. a. Ernst v.
Glismodis, Schw. d. Bisch. Meinwerk v. Paderborn (?) 9.
Godehard, B. v. Hildesheim 16.
Goslar (Goslaria) 12. 17. 34. 63.
Goswin (Goswin) v. Heinsberg 24.
Gottfried v. Bouillon 6.
Gottfried Castiglione f. Cölestin IV, Papst.
Gottfried v. Cuyk 7.
Gottschalk (Godescalc), B. v. Ratzeburg 73. 77. 80.
Gottschalk (Godescalc), Mönch von Stade 19. 38.
Grafenbing 21.
Gregor VIII, Papst 46, 47.
Gregor IX, Papst 72. 74. 81—89. 91. 96.
Griechenland (Graecia) 36. 47. 49. 94, f. a. Manuel I.
Guido (Wido) v. Lusignan 46.
Guidomar v. Limoges 54.
Gunther v. Käfernburg 60.
Gunzelin I v. Hagen, G. v. Schwerin 30. 33. 43. 82.
Gunzelin III, G. v. Schwerin 72. 95. 105.

H.

Hadrian IV (Adrian), Papst 27. 28.
Halberstadt (Halverstad, =stat) 34. 38; Bischöfe: Burchard II, Otto, Balduin, Konrad, Friedrich II.
Hallis Suevorum f. Schwäb. Hall.
Halrevelb 43.
Hamburg (Hamburg, Hamborch, Hammanburg, Hammenburg) 54. 61. 62. 67. 88. 95. 99. 104; Bischöfe f. unter Bremen.
Harburg (Horborch, Horeboroch) 34. 65. 74. 80. 112.

Hartwig I, Erzb. v. Bremen 20.
21. 25. 29. 30. 33.
Hartwig II, Erzb. v. Bremen 45.
50—54. 56. 57.
Hartwig, Custos v. Bremen 44.
Harzburg (Harceburg) 62.
Hathelaria 59.
Hedwig, Gem. Adolfs IV v. Schauen=
burg 82.
Heinrich I, Erzb. v. Cöln 69. 82.
Heinrich I, Erzb. v. Mainz 20.
Heinrich, B. v. Albano 48.
Heinrich I, B. v. Minden 19.
Heinrich I, B. v. Ratzeburg 62. 73.
Heinrich Dobelsten Canonicus v.
Bremen 44.
Heinrich (Hinrich) Scholasticus v.
Bremen 35. 36. 44.
Heinrich v. Halberstadt, Minorit
93.
Heinrich II, König 22.
Heinrich III, Kaiser 9.
Heinrich IV, Kaiser 5. 15. 23.
Heinrich V, Kaiser 13—15. 18.
Heinrich VI, Kaiser 31, 44—46.
48—53. 64.
Heinrich VII, Sohn Friedrichs II
64—66, 69—71. 80.
Heinrich [IV] Raspe, Gegenkönig,
Landgraf v. Thüringen 101. 102.
104.
Heinrich I, Herz. v. Anhalt 59.
Heinrich d. Schwarze v. Baiern 17.
Heinrich d. Stolze v. Baiern 14.
17. 18.
Heinrich d. Löwe, Herzog v. Sach=
sen 8. 20. 21. 30—36. 38. 43.
48. 49. 51. 53. 58.

Heinrich, Rheinpfalzgraf, 49—56.
61—63. 70.
Heinrich, dessen Sohn 60.
Heinrich I v. Brabant 53. 59. 60.
67.
Heinrich II v. Brabant 77—79. 105.
Heinrich d. Dicke, Markgraf v. Fries=
land 7. 8. 14.
Heinrich, Graf v. Geldern 32.
Heinrich, dessen Sohn 32.
Heinrich I, Borwin v. Mecklenburg
30.
Heinrich II, Borwin v. Mecklenburg
30. 70. 95.
Heinrich III, Borwin v. Mecklenburg
70.
Heinrich I v. d. Nordmark 5.
Heinrich II v. d. Nordmark 8. 11
—15. 24.
Heinrich I, Gr. v. Oldenburg 7. 32.
Heinrich III, Gr. v. Oldenburg 80.
Heinrich IV, Bogenarius, Graf v.
Oldenburg 76.
Heinrich, G. v. Ravensberg 8.
Heinrich, G. v. Schwarzburg 25.
44.
Heinrich II, G. v. Schwerin 65. 66.
69. 71. 72.
Heinrich, G. v. Asle 21.
Heinrich d. Ältere v. Eilenburg 24.
Heinrich d. Jüngere v. Eilenburg 24.
Heinrich I, G. v. Hoya 60.
Heinrich d. Kahle, G. v. Stade 22.
Heinrich d. Gute, G. v. Stade,
Domherr zu Hildesheim 22.
Heinrich d. Lange, Gr. v. Stade
23.
Heinrich II, G. v. Stade 24.

Heinrich II, König v. England 29. 34.
Heinrich III, König v. England 80. 84.
Heinrich I, G. v. Champagne 29.
Heinrich II, G. v. Champ., König v. Jerusalem 52.
Heinsberg (Heinsberche) s. Gerhard, Goswin, Siegfried.
Helena, Gem. Wilh. v. Lüneburg 54.
Helena (Elena), T. Herz. Ottos v. Braunschweig 88.
Herbipolis s. Würzburg.
Herford (Hervordia) 63.
Heribert, Erzb. v. Cöln 4.
Heribert (Hartbert), B. v. Utrecht 26.
Hermann II, B. v. Münster 56.
Hermann, Abt v. St. Pauli, B. in Esthland 65.
Hermann, Abt v. Stade. 60.
Hermann, Abt v. Rosenfeld 76.
Hermann, Probst v. Bucken 44.
Hermann I, Landgr. v. Thüringen 56.
Hermann II, Landgr. v. Thüringen 88.
Hermann IV, G. v. Ravensberg 55.
Hermann I v. Winzenburg 9. 25.
Hermann II v. Winzenburg 21. 23. 25.
Hermann III v. Kalvelage 8.
Hermann II v. Lippe 75.
Hermann v. Lüchow 21.
Hermann v. Werl 23.
Hermann v. Werle 69.
Hersfeld s. Rosenfeld.

Herthorpe, Dorf 55.
Heslingen (Heslinge), Kloster 9. 10. 17.
Hildegard (Hildegardis), d. Heilige 26. 27.
Hildegard (Hildigarda), Gem. Heinrichs d. Kahlen v. Stade 22.
Hildesheim (Hildenesheim, Hildensem) 22; Bischöfe s. Godehard, Siegfried I.
Himmelserscheinungen 100. 106.
Hitfeld (Hetvelde) 8.
Hitzacker (Hildesaker) 72.
Hitze, ungewöhnliche 37.
Holland (Hollant) 24. 109. 112. Grafen s. Dietrich, Margareta, Wilhelm, Florenz IV.
Holstein (Holtsatia) 30. 69. 96. 112. s. a. Adolf I, II u. III v. Schauenburg, Johannes, Gr. v. Holstein.
Honorius III, Papst 62—64. 72.
Horneburg (=ch), Burg 113.
Hospitaliter 84.
Hoya (Hogia) s. Heinrich I v.
Hülsen, (Hulsinge), Hof 10.
Hugo II, B. v. Lüttich 60. 68.
Hugo v. Ostia s. Gregor IX.
Hugo I, König v. Cypern 61.
Humbert, Erzb. v. Bremen 7.
Hungersnoth 69. 76.

J.

Jacinctus, Cardinal 39, s. a. Cölestin III.
Jacob, Cardinalbisch. v. Pränefte 94.
Janua s. Genua.
Jda, T. Ottos v. Nordheim 7.

Jda v. Elsdorf 8—11. 20.
Jdengut 8. 9. 20.
Jerichow (Jericho) 38.
Jerusalem 27. 36. 45—47. 50. 59 —62. 69. 72. 74. 99, f. Heinr. II v. Champagne. Johannes.
Jesi (Asis) 51.
Innocenz II, Papst 20.
Innocenz III, Papst 52. 58—61.
Innocenz IV, Papst 75. 98—100. 113.
Joachim, Abt v. Floris 47. 109.
Johann I, B. v. Lübeck 75. 77. 91. 98.
Johann II Smiril, B. v. Grönland 45.
Johann (Johannes) v. Beversat, Domherr v. Bremen 91.
Johann (Johannes), Abt v. Struma f. Calixtus III, Benevent.
Johann v. Neapel, Cardinal 40.
Johann (Johannes), Mönch v. Rastede 93.
Johannes 3. 4.
Johann ohne Land v. England 54. 61.
Johann v. Brienne, König v. Jerusalem 69. 72.
Johann, G. v. Holstein 96. 104—106. 105. 110.
Johann I v. Mecklenburg 70.
Johann I v. Schauenburg 88.
Johanna, Gem. Wilhelms II v. Sicilien 45.
Johanna, G. v. Flandern 67—69.
Jordan, Burgherr v. St. Giovanni 51.
Irene (Cecilia) T. Jsaaks II 51.

Irland (Hibernia) 42. 75.
Irmgard, T. d. Pfalzgr. Heinrich 54. 70. 71.
Jsaak II Angelos, 51.
Jsabella, Gem. Kaif. Friedrich II 80.
Jsabella, T. d. Königs Johann v. Jerusalem 69.
Jsenberg (Hisenberg) 69, f. a. Friedrich v.
Jsfried, B. v. Ratzeburg 38. 56.
Jso, B. v. Verden 56. 76.
Italien 6. 17. 33. 59. 72. 82.
Jütland (Jutia) f. Abel.
Jutta, Gem. Erichs IV v. Dänem. 88.
Jutta, T. Friedr. II v. Schwaben 23.
Jutta, T. Albrechts I. v. Sachsen 106.

K.

Käfernberg (Kevelenburg) f. Günther.
Kärnthen (Carintia), Herzog v. f. Bernhard.
Kaiserswerth (Werbina) 60. 61.
Kalvelage (Calvela) f. Herm. III v.
Kanut f. Knud.
Karl d. Große 31.
Ketzer 106—108, f. a. Albigenser.
Kinderkreuzzug 59.
Knud (Kanut, Canut) Laward 17.
Knud VI, König v. Dänemark 35. 54. 55.
Knud, Herzog v. Blekingen 105.
Koloman v. Ungarn 94.
Konrad I, Erzb. v. Cöln 69. 82. 101. 111. 113.

Konrad I, Erzb. v. Mainz 38. 48. 54.
Konrad, B. v. Halberstadt 67.
Konrad, B. v. Minden 77.
Konrad I, B. v. Würzburg 55.
Konrad II, Kaiser 15.
Konrad III, Kaiser 17—21. 26. 27.
Konrad IV, König 101. 107. 108.
Konrad (Chonrad), Sohn Heinrichs IV 6.
Konrad v. Schwaben, Sohn Friedrichs I 46.
Konrad, Markgr. v. d. Nordmark a. d. Hauje Plötzkau 16.
Konrad, Rheinpfalzgraf 52.
Konrad v. Montferrat, Fürst von Tyrus 48. 49.
Konrad v. Wettin, Markgraf v. Meissen 7.
Kreuzburg a. d. Werra (Cruciburg) 18.
Kunigunde, Gem. Christians I v. Oldenburg 33.

L.

Lambert, B. v. Ratzeburg 73.
Landskron (Landscron) 61.
Lateinisches Kaiserthum 85.
Lauenburg (Lovenburg, -ch) 56. 72.
Lauge (Lago) Gudmundsoen 110—112.
Leo IX, Papst 9. 10.
Leopold VI v. Österreich 69.
Libanon 47.
Libentius I, Erzb. v. Hamburg 22.
Liemar, Erzbisch. v. Bremen 4. 6. 7.
Lille (Insula) 69.

Lindena s. Walding, Werno und Tezo v.
Lippe (Lippia) s. Bernhard II, Otto v. Utrecht, Bernhard v. Paderborn, Gerhard II von Bremen, Hermann II.
Lippold, Gem. d. Ida v. Elsdorf 9. 10.
Lissabon (Ulixisbona) 52.
Liutgard, T. Rudolfs I v. Stade 21.
Livland (Livonia) 51. 54. 62. 73. 75. 76. 83; Bischöfe s. Berthold, Albert I. u II.
Loccum (Luden) Burchard, G. v. 9. 10.
Lodi (Lauda) 30.
Lombardei (Lumbardia, Lombarden) 29. 81. 82. 86. 88.
Lothar v. Segni s. Papst Innocenz III.
Lothar II (Luder) v. Supplinburg, Kaiser 5. 13—17. 23. 24. 30.
Lu, Fluss 113.
Lucca (Luca) 30. 46.
Lucius III, Papst 43—46.
Luder, B. v. Verden 76. 89.
Luder v. Schauenburg, Mönch 88.
Luder, Burggraf v. Groche 25.
Luder s. Lothar.
Ludolf I, B. v. Ratzeburg 81.
Ludwig (Lodewich, Lothewich) der Springer 23.
Ludwig I, Landgraf v. Thüringen 19. 23.
Ludwig II, Landgraf v. Thüringen 23.
Ludwig III, Landgr. v. Thür. 23.

Ludwig IV, Landgraf v. Thüringen 23. 70.
Ludwig (Lodowich) VII v. Frankr. 29.
Ludwig VIII v. Frankreich 66. 67. 70.
Ludwig IX v. Frankreich 109.
Lübeck (Lubeke) 43. 54. 70. 80. 105; Bischöfe s. Dietrich I, Berthold, Johann I.
Lüchow (Luchouwe) s. Hermann v.
Lüneburg (Luneburg, Luneburch, Limenburg, Lunenborch) 18. 21. 80, s. a. Wilhelm, Otto I.
Lüttich (Leodium), Bischöfe s. Albert I, Hugo.
Lutgardis, Gem. Friedr. v. Sommereschenburg 25.
Luthmund, Probst v. Heslingen 17.
Lyöe 65.
Lyon (Lugdunum) 75. 99.

M.

Magdeburg (Magdaburg) 60. 82; Erzb. s. Werner, Pröbste s. Albert, Bruno, Siegfried.
Magier, die drei 30.
Magnus, d. Heilige, Kloster desselben 3.
Magnus, Herzog v. Sachsen 17. 20. 23.
Magnus Burtzius 25.
Magnus, König v. Westgothland 17.
Mailand (Mediolanum) 27. 30. 38. 81. 82; Erzbischof s. Otbert.
Mainz (Maguntia, Moguntia) 17. 45. 47. 53. 80. 93. 113; Erzbischöfe s. Siegfried, Adelbert, Marculf, Heinrich, Christian I, Arnold, Konrad I, Siegfried II.
Malchus, Reliquien des 53.
Malek al Abel (Saphadin) 63. 101.
Malek as Saleh 102.
Manuel I, byzantinischer Kaiser 41. 42.
Marburg (Marpurg) 81.
Marculf (Marcolf), Erzb. v. Mainz 19. 20.
Margarete, Gem. Heinrichs VII 69.
Margarete v. Flandern 112.
Margaritone (Margareta), sicilian. Admiral 51.
Marienfeld (Wadenhart), Kloster 73.
Marquard, Priester 83.
Marseille (Marsilia) 62.
Mathilde (Mechthild), Gem. Heinrichs d. Löwen 34.
Mathilde, T. Heinrichs d. Löwen 30.
Mathilde, T. Adolfs IV v. Schauenburg 81. 95, 111.
Mathilde, Markgräf. v. Tuscien 6.
Mecklenburg s. Pribislav, Heinrich Borwin I, II, III, Nicolaus.
Medemblik (Medemlek) 113.
Meißen (Misna) 56. 109.
Mekka (Meka) 46.
Merseburg 33.
Mersindis 3. 4.
Messana 52. 87.
Minden, Bisch. s. Siegward, Heinrich I, Detmar, Konrad I.

Minoritenorden (Minderbrüder) 58.
81. 88. 93. 99. 107.
Mohammed (Machomed) 47.
Mohi, Heide v. 94.
Moritz (Mauritz) v. Oldenburg 33.
49. 56.
Mosel (Mosella) 54.
Münster (Monasterium), Bisch. s.
Herrmann II, Otto I u. II.
Munzowe, Burg d. Stedinger 59.

N.

Nahrungsmittel, Überfluß an 6.
Nazareth 74.
Neu-Lodi 30.
Neumünster (Novummonasterium)
15. 37.
Neuß (Russia) 105. 113.
Nicolaus, Erzb. v. Riga 75.
Nicolaus, König v. Dänemark 17.
Nicolaus I v. Werle 70.
Nicolaus II v. Mecklenburg Gabebusch 30.
Nil 63. 65.
Nimwegen (Noviomagum) 80.
Ninus 93.
Nordalbingien 70.
Norden 7.
Nordheim (Northem) 7, s. a. Otto v.
Nordmark 18. 20.
Norendin 46. 49. 50.
Norwegen (Norwegia) 29.

O.

Octavian s. Victor IV, Papst.
Oda, Nonne zu Rinteln 9.
Oda, Gem. Udos II v. d. Nordmark 11. 23.
Oda, Gem. Alberts v. Osterburg 25.
Odilia, Abtissin zu Heslingen 12.
13.
Oechte (Aldenesche) 79.
Oesterreich (Austria) 47. 49. 50.
69. 104; Herzöge s. Leopold,
Friedr. I u. II.
Oldenburg (Aldenburch, =g) 32—
34, s. Eilmar, Heinrich, Christian I u. II, Moritz, Burchard II,
Heinrich Bogenarius.
Oldensaal (Aldensele) 73.
Oldesloe (Todeslo) 105.
Oliver, Magister 62.
Olrich, Propst v. Buxtehude 100.
Olrich v. Wettin 25.
Olrich, Bruder Friedr. v. Stade
12.
Ordalien 7. 49.
Osnabrück, Bisch. s. Gerhard.
Ostia (Hostia) 43. 46.
Otbert I, Erzb. v. Mailand 46.
Otbert, Dekan v. Bremen 33. 34.
Otersen ob. Othfresen (Otfredhessen)
10.
Otranto 70.
Otto, B. v. Halberstadt 20.
Otto I, B. v. Münster 56. 60. 61.
Otto II, B. v. Münster 106.
Otto I, B. v. Utrecht 59.
Otto II, B. v. Utrecht 59. 71.
Otto, Cardinalbiacon d. heil. Nicolaus 98.
Otto, päpstl. Legat in England 94.
Otto, Propst v. Bremen 8. 33.
34. 38.
Otto I, Kaiser 22.

Otto II, Kaiser 22.
Otto IV, König 51. 53—60. 62. 63.
Otto v. Nordheim 7. 8. 23, Töchter deff. 7. 8.
Otto I, Herzog v. Braunschweig-Lüneburg 59. 70—72. 80. 89. 106. 111. 112.
Otto, dessen Sohn 106.
Otto, Pfalzgraf v. Burgund 46.
Otto I v. Ravensberg 8.
Otto II v. Ravensberg, Graf v. Bechten 55.
Otto, Pfalzgraf v. Wittelsbach 57.
Otto v. Bederkesa 97.
Otto v. Cappenberg 7.
Otto v. Rieneck 24.
Otto II, Graf v. Tecklenburg 60.
Ottokar I v. Böhmen 56.
Ottokar v. Steier 25.
Oudenarde (Albenard) f. Arnulf v.

P.

Paderborn (Paderburn, Patherburn, Palburnia) 63; Bischöfe f. Wilbrand I, Bernhard IV, Simon I.
Palermo (Palormo) f. Berard.
Paris (Parisius) 74. 104.
Paschalis III, Papst 30. 33—35. 37. 39.
Patrimonium Petri 58.
Pavia (Papia) 33.
Peronne (Perona) 67.
Perusia (Perusium) 61. 74.
Petrus, Apostel, Schwert des 53.
Petrus, B. v. Ratzeburg 80. 81.
Petrus Capucius, Legat 105. 113.
Petrus Lombardus 29.
Petrus v. Bernardone 43.
Petrus Sarazenus, röm. Bürger 84.
Pflugscharen, Urtheil der zwölf 49.
Philipp I, Erzb. v. Cöln 32. 39. 43. 48. 49.
Philipp, Bisch. v. Ratzeburg 56. 62.
Philipp v. Hohenstaufen, König 15. 46. 51. 53. 54. 56. 57. 59.
Philipp II v. Flandern 60.
Philipp II, August v. Frankreich 49. 60. 61. 66.
Placentia 81.
Plön, (Plone) Burg 37.
Plötzkau (Plocete) f. Helfrich.
Poitiers (Pictavia) 53.
Polen (Polonia) 94.
Poppenburg (Poppenburstolbe) 11.
Poppo v. Henneberg 24.
Portiuncula (Potiuncula) 70.
Präneste 47. 83.
Prag 81.
Predigermönche f. Dominikaner.
Preußen (Prucia) 75.
Pribislav, Herz. v. Mecklenburg 29.
Pribislav II v. Parchim 70.
Provence (Provincia) 29.

Q.

Quedlinburg (Quedelinburch, Quibelingeburch) 57. 60.

R.

Rahmstorf (Radolvesthorpe) 13.
Raimund III v. Tripolis 46. 47.
Rameslo 21.
Rastede (Rarstede) 91. 93.

Ratzeburg (Raceburg, Racisburg) B. s. Evermod, Isfried, Philipp, Heinrich I, Lambert, Gottschalk, Petrus, Ludolf I.
Ravenna 36.
Ravensberg (Ravenesberch) siehe Otto I u. II, Heinrich, Hermann IV.
Redevin v. Stade 55. 56.
Reiner v. Pavia, Cardinal 40.
Reinfeld (Reynefeld), Kloster 46.
Reinhold (Reinnold) von Dassel, Erzb. v. Cöln 29—32.
Reinhold (Reinnold), Vater Friedr. v. Stade 12.
Reinhold (Reinnold), Graf v. Ditmarschen 30.
Reliquienübertragung 53. 96. 97.
Rendsburg (Reynoldisborch) 110.
Reval (Rivalia) 63.
Rhein 49. 109.
Rhone (Rodanus) 70.
Richard I v. England 45. 49. 50.
Richard, Empörer gegen Heinrich VI 52. 53.
Richardis v. Frekenleve 25.
Richbert, Voigt v. Stade 19.
Richenza (Ritenza), Gem. Kaiser Lothars 7. 14. 19. 20. 24.
Richenza, Gem. Eilmars d. Älteren v. Oldenburg 8. 10.
Riede (Riba), Hof 10.
Rieneck (Rinekge) s. Otto v.
Riga 56. 75. s. a. Erzb. Albert, Nicolaus.
Rinteln (Ninthelen) s. Oda.
Robert, G. v. Artois 109.
Rocele, Schw. Friedr. v. Stade 12.

Roger I v. Sicilien 45.
Roger II v. Sicilien 51.
Roland, Cardinal v. St. Maria 27. 28, s. a. Papst Alexander III.
Rolszen (Rotholvingenhusen), Hof 10.
Rom 5. 10. 16. 18. 28. 31. 32. 37. 39. 40. 42. 44. 46. 51. 57. 59. 61. 68. 74. 75. 82. 94. 96.
Rom, Päpste s. Leo IX, Alexander II, Urban II, Innocenz II, Cölestin II, Eugen III, Anastasius IV, Hadrian IV, Victor IV, Paschalis III, Calixtus III, Lucius III, Urban III, Gregor VIII, Clemens III, Cölestin III, Innocenz III, Honorius III, Gregor IX, Cölestin IV, Innocenz IV, Alexander IV.
Romanus v. Porto, Cardinalb. 95.
Ropert Mulen 11.
Rosenfeld (Hersfeld) 7. 8. 17. 22. 23. 26. 38. 80. 113.
Rouen (Rotomagus) 111.
Rudger (Rudcher), B. v. Brandenburg 97.
Rudolf I, B. v. Schwerin 108.
Rudolf I, B. v. Verden 56.
Rudolf, Dekan v. Bremen 53.
Rudolf v. Rheinfelden, Gegenkönig 23.
Rudolf (Robolf), Sohn Ubos II v. Stade 25.
Rudolf (Robolf), Graf v. Stade 13. 14. 23.
Rudolf der Jüngere, G. v. Stade 18. 20. 21.
Rußland (Rucia) 6. 9. 23. 94.

S.

Sachsen (Saxonia) 5. 14. 17—20. 23. 26. 57. 71. 94, s. a. Magnus, Bernhard I u. II, Wulfildis.
Saladin, Sultan 45—50.
Saleph, Fluß 48.
Salerno (Salerna) 51.
Salzburg (Salceburg) s. Albert, Erzb. v.
Sanguin 46. 49. 50.
Saphadin s. Malek al Adel.
Sara 45.
Sarazenen (Sarracenen) 6. 34. 49. 53. 61. 62. 67. 82. 99.
Schauenburg (Scovemborch, Scovenborch, Scovenburg), Grafen v. s. Adolf I, II, III.
Schlei (Sli), Fluß 110.
Schleswig (Sleswich) 111, s. a. Waldemar, Erzb. v. Bremen.
Schiedsgericht 21.
Schisma 28. 33. 34. 37—39.
Schlieme (Sclime), Hof 10.
Schottland (Scotia) 42.
Schwaben (Suevia) 6. 108, s. a. Friedrich v.
Schwäbisch=Hall (Hallis Suevorum) 106.
Schwarzburg (Swarzenborch) 4, s. a. Heinrich v.
Schweden (Suecia) 29. 45, s. a. Birger Jarl.
Schwerin (Zwerin) 33. 65; Bisch. s. Berno, Brunward, Friedrich, Dietrich, Wilhelm, Rudolf I; G. v. s. Gunzelin, Heinrich.
Schwinge (Swenge) 62.
Schwitschen (Tuschensen), Hof 10.

Seehausen (Sehusen) 59.
Selsingen (Selcinga) 89.
Semiramis 93.
Sibylla, Gem. Guidos v. Lusignan 46.
Sibylla, Tochter Rogers v. Acerra 51.
Sicco, Vater d. Herm. v. Poppenburg 11.
Sichem, H. Abt v. 97.
Sicilien (Sicilia) 28. 52. 53. 58. 59. 74. 83. 84. 111; Könige v. s. Roger I, Wilhelm I, II, III, Friedrich.
Siegfried (Sifrid) v. Anhalt, Erzb. v. Bremen 33. 34. 43—45.
Siegfried (Sifrid) I, Erzb. v. Mainz 5.
Siegfried (Sifrid) III, Erzb. v. Mainz 101. 108.
Siegfried (Sifrid) I, B. v. Hildesheim 63.
Siegfried, Propst v. Magdeburg 23.
Siegfried v. Bomeneburg 7. 8.
Siegfried, dessen Sohn 8.
Siegfried v. Erleneburg 25.
Siegfried, Gr. v. Heinsberg 24.
Siegfried, Gr. v. Stade 23.
Siegfried d. Jüng., G. v. Stade 24.
Siegward (Sivard), Bisch. v. Minden 9.
Sigibobo (Seghebob), Abt v. Sanct Pauli in Bremen 44.
Sigibobo (Segebobo), Abt v. Rosenfeld 60.
Sigibodo (Sibobo), Domherr von Schwerin 89. 90.

Simon I, B. v. Paderborn 106. 110.
Simon, G. v. Tecklenburg 43. 53.
Slavien 24. 26. 30. 71. 105.
Slutter (Scluttere, Sluttere) 60. 76.
Sobieslaw I v. Böhmen 18. 19.
Sonnenfinsterniß 19. 96. 100.
Sora 84.
Sorella 49.
Spanien (Hispania) 29. 35.
Speier (Spira) 15. 17. 57.
Spoleto (Spoletanisches Thal) 38. 51.
Stade (Stadium), Stadt 4. 14. 19. 54. 55. 58. 61. 62, Grafschaft 8. 11—13. 15. 20. 21. 23. 70. 76. Kirche und Kloster 19. 26. 30. 56. 91. 92. Grafen s. Friedrich, Heinrich, Rudolf, Siegfried, Udo.
Stedethorp, Dorf 9.
Stedinger 56. 57. 59. 60. 62. 75. —78.
Stege (Stekeneborch), Burg 105.
Stotlo, Dorf 60.
Straßburg (Strazburg) s. Gebhard, Bischof v.
Stumpenhusen s. Gero, Wedekind v.
Surianer 47.

T.

Tancred (Thancrad) v. Lecce 48—50.
Tataren (Tartaren) 94. 95.
Tecklenburg (Tekeneburg), Grafen v. s. Simon, Otto II.
Templerorden 84.
Teutonia (Theutonia) s. Deutschland.
Tezo v. Lindena 11.
Thabor 62.
Thaddäus v. Suessa 99.
Thammo v. Hundorp 78.
Theoderich v. Haselitor (Haselthorpe) 81.
Thidericus Friso 30. 31.
Thiederich, Dekan v. Bremen 44.
Thietmar II, B. v. Verden 21.
Thomas, Erzbisch. v. Canterbury (Cantuaria) 34.
Thüringen (Thuringia) 56; s. a. Christian I v. Mainz, Heinrich Raspe, Hermann I, Ludwig d. Springer, Ludwig I—V.
Tobeslo s. Oldeslo.
Toron (Thuris) 52.
Toulouse (Tolosa) 70.
Tours (Turonis) 31.
Trajectum s. Utrecht.
Trave (Travena) 80.
Trebitz (Trebenece), Güter zu 23.
Trent s. Drenthe.
Trier (Treveris) 27. 29. 30, Erzbischof s. Arnold.
Trifels (Trivels) 61.
Tripolis s. Raimund III v.
Tunis 84.
Tuscien (Tuscia) 36. 38, s. auch Mathilde.
Tuschensen s. Schwitschen.
Tuskulum (Tusculanum) 43. 49.
Tyrus s. Konrad.

U.

Uda, T. Gerhards v. Heinsberg 24.
Uda, Gem. Hermanns v. Winzenberg 25.

Ubo (Odo) I, Markgraf v. d. Nord=
mark 23.
Ubo II, Markgraf v. d. Nordmark
5. 9—12. 23—25.
Ubo III, Markgraf v. d. Nordmark
8. 11. 12. 13. 23. 24.
Ulixisbona s. Lissabon.
Ungarn (Ungaria) 48. 49. 56. 94,
s. a. Bela IV.
Urban II, Papst 6.
Urban III, Papst 46.
Utrecht (Trajectum) 71; Bischöfe s.
Heribert, Balduin II, Dietrich I,
Otto I u. II, Wilbrand.

V.
Valenciennes (Valentia) 67. 68.
Vallenberch s. Falkenberg.
Veitshochheim 101.
Veltheim s. Werner.
Venedig (Venetia) 37. 63. 81.
Vercelli (s) 81.
Verden, Bischöfe s. Thietmar II,
Rudolf I, Iso, Luder.
Verona 45. 46.
Vicelin, B. v. Oldenburg 17.
Victor IV, Papst 28—30, 39.
Viterbo (Viterbium) 88.
Vorde s. Bremervörde.

W.
Wadenhart s. Marienfeld.
Waldemar I, König v. Dänemark
29.
Waldemar II, König v. Dänemark
50. 54—56. 60—63. 65. 66.
69. 70. 71. 78. 95.
Waldemar, Prinz von Dänemark,

Bisch. v. Schleswig, Erzbisch. v.
Bremen 50. 57. 58. 60. 61.
Waldemar, Mitkönig 76.
Waldemar, Sohn Abels 111.
Waldesthorpe 12.
Walding v. Lindena 11.
Walpode (Waltbobo) Arnold 113.
Warding v. Bliebersdorf 11.
Wargabor bei Stade 22.
Warteslaw v. Rußland 9.
Wassenberg 57.
Wedekind v. Stumpenhusen 32.
Weihe (Wege), Burg 32.
Welf IV, Herz. v. Baiern 7.
Wenzel I v. Böhmen 83.
Werdina s. Kaiserswerth.
Werner (Wezelo), Erzb. v. Magde=
burg 5.
Werner v. Veltheim 24.
Werno v. Lindena 11.
Westen (Wasten), Hof 10.
Westfalen (Westphalia) 43.
Wettin (Witin) s. Konrad.
Wetzlar (Wetflaria) 81.
Wido v. Crema s. Paschalis III,
Papst.
Wien (Wen) 50.
Wilbrand I, Bisch. v. Paderborn,
v. Utrecht 71—73.
Wilhelm (Willelm, Willehelm), B.
v. Schwerin 106.
Wilhelm (Willehelm, Wilhelm), G.
v. Holland, Gegenkönig 105. 106.
109. 111—113.
Wilhelm, Graf v. Holland 82.
Wilhelm I von Sicilien 27. 28.
45
Wilhelm II v. Sicilien 45. 48.

Wilhelm III v. Sicilien 50. 51.
Winzenberg s. Hermann I u. II.
Wistede Hof 9.
Wittelsbach (Witilspach, Wibelesbach) 28. 57, siehe auch Konrad, Otto.
Wolzeben (Worthsaten) 114.
Worden (Worthen) bei Stade 113.
Worms (Wormatia) 18.
Wotmunde 60.

Würzburg (Herbipolis, Werzeburch) 43. 101; Bisch. s. Konrad L.
Wulfildis v. Sachsen 17.

3.

Zäringen (Zaringia) s. Berthold III und V.
Zeven (Zcevena), Kloster 17.
Zweikampf 7.
Zwentina, Eremitensitz 99.